新潮文庫

砕け散るところを見せてあげる

竹宮ゆゆこ著

砕け散るところを見せてあげる

The ashes of my flesh
and blood is
the vast flowing galaxy

「つまり、ＵＦＯが撃ち落とされたせいで死んだのは二人」

　玻璃《はり》はそう言った。

　ここまで一切口を挟まずに、長い話を聞いてきたが。

　オチというか、最後のまとめのライトな間違い具合に虚を衝《つ》かれ、思わず小さくコケたくなる。手の甲で涙を拭《ぬぐ》いつつ、「……いやいやいやいや」突っ込むしかない。

「違うだろ、なに言ってんの。『二人』じゃないだろ」

　話の内容をなるべく丁寧に思い返しながら、だって、まず人差指だ。次に中指。それから親指。順に開いて、数えるまでもない。やっぱ三じゃん。ここまで出てきた死者を数えるとしたら、どう考えても三人にしかならない。自ら滔々《とうとう》と語ってきた話のラストでこんなミスとか、どんだけ間抜けなんだろう。

　そう思うのに、

「違わない。だから、こうなんだってば」

　玻璃は俺の薬指をくいっとつまみ、引っ張って立てさせる。「で、こう」人差指と中指を、ぷるぷる浮いてくる小指と一緒に、手で包まれるように握らされる。

親指と薬指の二本だけを立てた、自分の力だけではキープできない不自然な形の手。意味のわからない不思議なサイン。

なんだこれは。思わずじっと見つめてしまう。今にもどこかの筋が攣《つ》りそうだし、いくら真剣に見つめてもやっぱりわからない。

この薬指があの死を示すなら、ＵＦＯとは関係ないはずじゃないか。ぼけっと立ってる親指、薬指――これが現実に失われた人間の生命の数だと玻璃は言う。ＵＦＯが撃ち落とされたせいで死んだ人たちだ、と。なんなんだ。なぜそうなる。

俺にはわからない。

この「二人」っていうのは、要するに、誰と誰のことなんだ。

I

窓を開けろ、という勢力がある。

締め切った部屋の空気中には菌やウィルスがうようよ浮遊していて、酸素濃度も低い。だから積極的に換気を行った方がいい、と。

なるほど。その通りだ。

しかし、窓を開けるな、という勢力もある。

せっかく床に落ちていた菌やウィルスが空気中に舞い上ってしまうし、一般住宅においては酸素濃度の低下など気にする必要はない。だから窓はできるだけ開けずに湿度を保った方がいい、と。

なるほど。それもそうだ。

さて、窓を開けるか開けないか。

それだけのことを決めかねて、(どっち だ……どっちが正しい!?)俺は冷たいサッシに手をかけたまま、かれこれ一分悩んでいた。どっちの勢力も元をただせば、健康番組の聞きかじりだ。

夜の暗闇《くらやみ》を透かす窓ガラスには、眉根《まゆね》を寄せた俺の顔が映り込んでいる。表情は真剣だが状況は間抜け。そんなの自分でもわかってる。でも悩まずにはいられない。今の俺にはこれしきのことが、重大な運命の岐路に思える。

こもった部屋の空気は入れ替えたい。でも絶対に風邪を引きたくない。インフルエンザなぞ、字面《じづら》を想像するだけで白血球が戦慄《せんりつ》する。真冬は他にもノロとかロタとか、やばげな諸々《もろもろ》の病魔が旬。だめだめ絶対無理だめ絶対、今の俺は絶対に、そんなのひっかぶるわけにはいかない。

なぜなら、もう師走《しわす》だから。

高校三年生の俺は、年明けにセンター試験を控えている。

目指すは県内最難関の国立大学。受かる可能性は、これまでの模試の成績などから判断するに、半々よりはマシ程度だろうか。安心なんてとてもできない。ここから本番までどれだけラストスパートできるかにすべてはかかっていて、体調を崩して寝込みでもしたらそれで終わりだ。

滑り止めを受ける予定はない。経済的な事情もあるが、それ以上に、俺には他のどの大学にも進みたくない強い理由があった。もしも今回だめだったなら、浪人して次もまた同じ大学を受けるつもりでいる。それでもダメなら二浪だ。バイトとかしながら……おっと。

だめだったなら、とか考えるのも無しなんだった。今の無し、やり直し。

俺は受かる。ていうか「受かった！」、あえての過去形。びしゃっと一発頬を叩《たた》いて気合いを入れ直す。腹は決まった。準備はいいか。いくぜ白血球、最大出力で免疫《めんえき》バリヤー展開！

「そいやぁっ！」

勢いをつけて窓を思いっきり開け放つ。

その途端、冷たい夜に顔を洗われた気がした。はっ、とするほど気持ちがよくて、思わず二階の窓辺から身を乗り出す。

静かな風は雨上がりの水気を帯びて、暖房で火照《ほて》った頬が一気に冷める。ひんやりした空気を深く吸い込んで、新鮮な酸素を胸いっぱいに取り入れる。白く濁った息を吐くと、疲労感まで身体《からだ》から吐き出しているような気がする。

部屋はどんどん寒くなっていくが、それでも今は窓を開けて正解だった。心地よい冷気を浴びながら肩をぐるぐると回す。ぱきぱきいい音で鳴る。今夜はまだまだ頑張れそうな気がしてくる。

人間は案外、単純にできているのかもしれない。どれほど疲れたと思っても、新鮮な酸素さえあればこうしてあっさり蘇《よみがえ》るのだから。

見上げると、今夜はまさしく降るような星空が頭上に広がっていた。きらきら強く輝きながら、いくつもの星々が広い宇宙で存在を主張している。オリオン座ぐらいは俺にもわかる。

両手のグーを高く突き上げ、思いっきり大きく伸びをし、最後の深呼吸。窓を開け放ったまま、軽く顔をこすって机に戻る。手に取ったシャーペンをくるくると回しながら、でもまだノートは広げない。勉強に没頭する自分の姿や、試験会場ですらすらと解答する自分の姿、合格して喜んでいる自分の姿を頭の中でイメージする。

そんなことしてる場合じゃねえだろ！　というわけでもないのだ。イメージを持つことはとても重要らしい。

「現実って、脳みそでイメージした通りになっていくんだって！」

担任がそう言っていた。

先週のＬＨＲでのことだ。はじめは受験への心構えや体調管理についてのありきたりな教師漫談だったが、気が付けば話は結構な飛躍を見せていた。

「だから、失敗する未来を想像したりしちゃいけないの！　今のみんなに必要なのは、ひたすら志望校に合格する自分をイメージすることよ！　できるだけ具体的に、受かってる自分の姿を思い浮かべて！　さあ、合格発表の日がきた！　自分の受験番号を探して……合格者名簿に……あった━！　はいドーン！　感情を爆発させて━！　イメージは現実になると信じて━！」

　誰かが「じゃあ滑り止め受けるのやめていいすか」と訊《たず》ねた。「それは受けて」担任は真顔で首を横に振った。

　自己啓発とか、自分を変えるとか、〇〇するだけで金持ちになって愛されて成功して幸せになって世界には平和が訪れて身長も伸びるし飯もうまい！　とか、色々。うちの担任は、その手のヤツが大好きなのだ。

　今年度だけでも俺たちは、置かれた場所で咲いてみたり、嫌われる勇気を持ってみたり、魔法の片づけでときめいてみたり、瞑想《めいそう》、断食《だんじき》、もっと最新のわけわからないことまで、色々やらされた。「あいつは俺たちを使ってなんらかの人体実験をしているのでは？」という説すらあって、担任のノリを恐れる奴《やつ》も少なくなかった。

　しかし俺のスタンスは、「人体実験？　いいよ！　じゃんじゃんやってくれ！」だ。センター試験を間近に控えて、足切りライン、なんて言葉もリアルにちらついている今、俺はなんだってウェルカム。実験だろうが、神頼みだろうが、おまじないだろうが気休めだろうが、なんなら亡《な》き父の墓を磨きまくるとかでもいい。やれというならなんでもやりたい。合否微妙な状況をすこしでも有利な方へ引っ張れるなら、どんなことでも試したい。イメージするだけでいいというなら、何万回でもイメージしたい。もちろん勉強の手を抜くわけじゃない。眠い目擦《こす》って必死にやって、それプラス、だ。

　窓から吹き込む冷気を頬に感じながら目を閉じる。肩の力を抜く。現実にしたいイメージを思い浮かべることだけに意識を向ける。

（……俺はこれから受験勉強に集中する。いや、した）

　より現実味を増すために、語尾は常に過去形でイメージしろと担任は言っていた。未来のことなのに変な感じだが、それに従う。イメージすることに全力で集中。なりたい自分の姿を、できるだけ明確に思い浮かべる。現実にしたい未来の感情をまさに今、体験しているかのように味わおうと試みる。

（知識を積み増し、実力を上げ、体調もばっちりでセンター試験本番に挑んだ……するとなんと全科目で高得点をゲット！　二次試験も絶好調で、前期であっさり合格できた！　やった！　こうして俺の夢はすべて叶《かな》った！　夢見たことのすべてが現実に……待て。すべて？　すべてだと？）

　――くわっ、と目を見開く。

　つまり、大学受験のその「後」も？　俺の夢の「すべて」が、現実になるというのか？

　そう思ってしまった次の瞬間、脳内イメージの中の自分は大学受験の地点などあっという間に通り過ぎた。大学はあくまでもただの途中駅。それは俺の最終形態じゃない。

トップスピードで突き進むその先で、本当に目指す未来は一つだけだ。

それは、ヒーローになること。

俺はヒーローになりたい。笑われてもいい。バカにされてもいい。小さな頃からずっと、俺はいつかヒーローになる自分の姿を本気で夢見ていた。

現実の目の前にはカレンダーと参考書の背表紙が並んでいるはずだが、そんなのもはや見えてもいない。現実と想像の区別などつかなくなって、俺の目にはもう夢の景色しか見えない。

イメージの世界で、椅子《いす》に座った俺の足元から黒い影が伸びてゆく。

影の中に、最小単位の物質が生まれる。

濃淡に揺れる現象は、まるで鳥や魚の群れ。あるいは大空に湧《わ》き上がる積乱雲。あるいは風に揺らめく炎。あるいはオーロラ。水底《みなそこ》の波紋。嵐《あらし》の樹林のようでもある。

膨れてはしぼむ。ぶつかっては砕ける。爆発しては燃焼し、融《と》けて混じって変化する。

自在にうねりながら形を変え、やがて運命の設計図を思い出す。点は線に。線は面に。面は立体に厚みを増して、逞《たくま》しい肉体が虚空《こくう》に紡《つむ》がれる。新しい俺はそうして創《つく》られ、この世界に突如出現する。

闇に溶ける黒のスーツを身にまとい、顔には正体を隠すマスク。悪を一刀両断にするソードを右手に、胸部にはプロテクター。ブーツ、両手にグローブ。全部黒だ。艶消《つやけ》しマットのディープなブラック。

　天から一筋のライトで照らされたように、ヒーロー、すなわち俺のシルエットが、現実の世界に音もなく浮かび上がる。輪郭だけが光っている。煙のように渦巻く埃《ほこり》の中から立ち上がる、俺は孤独な正義のヒーローだ。今こそ命に刻まれた約束の時がきた――のかもしれない。

　確かな現実感が稲妻みたいに身体を貫いた。この感覚を逃したくなくて、椅子から素早く立ち上がる。薄れゆく未来の記憶を夢中になって追いかける。

　イメージで描いたヒーローのシルエットに現実の自分の身体をぴったりと重ね合わせると、教えられるように自然と両足が開いた。重心が下がる。導かれるように両腕を揃《そろ》えて大きく回し、

「……変、身っ！　とうっ！」

　片膝《かたひざ》だけ曲げて決めポーズ！

「ヒーロー、見参！」

　ちらっ！　壁にかけた鏡の方をさりげなく見る。

　すると、そこには馬鹿《ばか》がいた。

　馬鹿というか俺だ。見慣れたユニクロのフリースと、膝が出た部屋着のズボン。小汚いスリッパを履いて前髪をターバンで上げた、あまりにも間抜けな見覚えありすぎの俺

が、さっきまでとなにも変わらぬ姿と寸法で馬鹿丸出しに映っていた。

そりゃそうだ。当たり前だ。わかってた。

まさか、本当に変身するなんて思ったわけがないではないか。高校三年生にもなって、しかも受験を間近に控えた大の男が、本気で変身ポーズなんて決めたわけがない。当然冗談だ。こんなのただの勉強に疲れた末の悪ふざけだ、もちろん。

自分の馬鹿さに笑ってしまいながら「ないない」と首を振り、勉強に戻ろうとした。まさにそのときだった。

「っ!?」

俺は、自分が一歩踏み出したポーズからそのまままっすぐ上方へ跳べるということを初めて知った。多分結構な特殊能力だが、そこに着目している場合でもなかった。

いつの間にか開いていたドアの隙間《すきま》から、夜食のおにぎりとお茶を持った母さんが、気配を消して俺の姿をじっと観賞していたのだ。

母さんは声を出さないまま顔を真っ赤にし、俺を見ながら鼻の穴と口を全開。顔の筋肉だけで器用に大爆笑している。「ふはっ……んっ、ふはっ……!」喉《のど》の奥からひきつけるような音を鳴らし、生まれたての子鹿《こじか》みたいに足をプルプル震わせ、こめかみには青筋。目には涙を滲《にじ》ませて。よく見りゃ鼻水まで噴き出して。自分の息子がそんなにおもしろく見えたか。

俺は、涼しい顔でこの事態を静かにスルーする自分の姿を全力でイメージした。でもまだそれは現実にはならない。現実がイメージに追いついてこないまま、母さんはやがて膝から崩れ落ちそうになりながら本格的に馬鹿笑いし始める。「うひゃ……ひゃっ、あ、あんたっ……な、なにして……あっはっはっ！　ひゃあっはははははは！」俺は首を必死に捻《ね》じ曲げて、窓の外へ意識を飛ばす。

母さんの爆笑はまるでマシンガン。星々は夜空に穿《うが》たれた弾痕《だんこん》のよう。俺もいっそ撃ち抜かれて、意識を失ってしまえたら……。

さっき描いたイメージは、確かな現実味を帯びていた。重ねたヒーローの肉体の、肌の熱さも血の匂《にお》いも感じた。いる、と思った。本当にそんな気がしたのだが――あーあ。一体ヒーローはなんのために、この世界に生まれてくるのだろう。自分の親を爆笑で悶《もん》絶《ぜっ》させるためか。この赤っ恥の地平から、どれほど激しく揺すぶられても盆から落ちないおにぎりの異様な安定性を称《たた》えるためか。

＊＊

ここからすこしだけ亡き父の話。それと母さんの話。

俺の父さんはヒーローだった。

俺があの大学に行きたいのは父さんの母校だからだし、この町で暮らしたいのは父さんが暮らした町だから。

そして俺がヒーローになりたいのは、父さんがヒーローだったから。

父さんは、俺が生まれるまでのあとほんの数日を待ってくれずに死んでしまった。

その日、増水していた川に架かる橋の上で、一台のワゴン車が事故を起こした。ガードレールをぶち破ってそのまま水中に転落するのを目撃した父さんは、近くにいた人に通報を指示しながら、自分は真冬の川に飛び込んだ。迷う素振りなんかまったくなかったらしい。

沈みゆくワゴン車から超人的な働きで次々に人を救助して、閉じ込められた最後の一人の女の子の命も、父さんは決して諦《あきら》めなかった。何度も冷たく濁った水底に潜り、潰《つぶ》れた車内から彼女の身体をどうにか引きずり出し、川べりから差し伸ばされた人々の手に届くところまで押し出して、そして。

自分はそのまま沈んでしまった。

人間が生きていられる限界を超えたのだろう。力尽きて流された父さんを、必死に追ってくれた人もいたという。でも、だめだった。

一晩が過ぎて次の日の朝、何キロも離れたところで遺体は発見された。流されるうちにひどく傷つき、ボロボロの姿に変わり果てていたそうだ。

父さんの死は繰り返し報道され、賞賛を浴びた。救われた人々も、ともに救助にあたった人々も、あれから十八年が過ぎた今も父さんのことを忘れてはいない。父さんがいなければ誰も助からなかっただろうと、あの事故を知る人は皆そう言う。父さんは自分の身を犠牲にして人を救った、まさしく正義のヒーローだった。

父さんのことを話す時、母さんはいつだって頰を少女のように真っ赤にして、盛大に照れながら嬉《うれ》しそうに笑う。

『そりゃね、なんで臨月のこんな時に？　子孫残した後に川でボロボロになって死んじゃうなんて、サギなの？　サケなの？　って』未亡人ギャグも冴《さ》える。

『しばらくは泣いたけど、でもあの人は、苦しんでいる人が目の前にいたら助けずにはいられない人だった。正真正銘、本物のヒーローだった。あの人と出会えて本当によかった。家族になれて、あんたもいる。私はあの人と出会ってから今もずっと、毎日が最高に幸せでたまらない』

死んで肉体が消えた程度のことでは、父さんと母さんのラブラブっぷりは揺るぎもしない。母さんは今でも父さんが大好きなのだ。父さんと「家族」という形で確かに人生が繫《つな》がっていることを、本当に幸せに思っているのだ。息子の俺がそう思うのだから間違いない。

母さんにとっては、父さんが触れたカーテンさえも宝物だった。父さんが読んだ本も。

父さんが見ていた壁の傷も。父さんが好きだったコーヒー豆も。父さんが渡った歩道橋も。父さんがよく食べた袋麺《ふくろめん》も。父さんを照らした太陽も、月も、目には見えなくとも確かに在った遠い星々も。

母さんにとってはなにもかも、どんな些細《ささい》なものも大きなものも、かけがえのない宝物だった。父さんの意識が通ったすべてのものを、母さんは心から大切にしていた。

家中に、町中に、世界中に、この星中に、宇宙のそこかしこに、母さんの大切なものはいくつもあった。無限の想《おも》いと同じ分だけ、宝も無限にあるようだった。

母さんが大切なものに触れる時、その指は優しい。大切なものを見つめる眼差《まなざ》しは柔らかい。まるでそれらが父さん自身であるかのように、母さんは優しく触れ、柔らかに見つめる。俺にもそうだ。だから俺は自分の中にも、父さんの存在を見つけられる。

俺が今、なにより嬉しいのは、父さんを知る人がかけてくれる「お父さんそっくりになってきたね」という言葉だった。母さんも言ってくれる。たまに俺を父さんと見違えて、ぎょっとすることさえあるらしい。

そんなにそっくりならば、きっと俺もヒーローになれる。いつか絶対に、父さんのようなヒーローになってみせる。そう信じて、夢見ている。

この夢は、俺にとっては父さんとの約束みたいなものだ。俺と父さんはついに現世では会うことができなかった。こうして自分の未来をまっすぐに信じていることこそが、俺と父さんの絆《きずな》なのだと思えた。

幼い俺に母さんは、ヒーローの三つの掟《おきて》を教えてくれた。それは在りし日の父さんが、かつて母さんだけにそっと教えてくれたことらしい。

「その一。ヒーローは、決して悪の敵を見逃してはならない」

「その二。ヒーローは、決して自分のためには戦ってはならない」

「その三。ヒーローは、決して負けてはならない」

――父さんは死んでしまったが、負けたのではないと俺は思う。助けられた命は勝利の証《あかし》だ。父さんは敵に負けて消滅したのではなく、勝つために透明な姿に変身したのだ。父さんは目に見えないだけでどこにでもいる。大きくて、強くて、優しくて、あたたかい。そして俺はいつだってどこにだって父さんの存在を感じることができる。俺が生きるこの世界のすべてに満ち溢《あふ》れている。

ここまでが父さんの話だ。それと、母さんの話。すこしだけ俺の話もあったか。

＊＊＊

で、ここからが本当に俺の話。

愚かにも、本当にヒーローになろうとした濱田《はまだ》清澄《きよすみ》の話。それと、蔵本《くらもと》玻璃《はり》の話。

俺と玻璃は、思えばごく短い間しか一緒の時を過ごすことができなかった。もっと一緒にいたかった。ずっと一緒にいたかった。

最初に出会ったあの月曜のことが忘れられない。

玻璃は、すぐに世界から消えてしまった。そんな結末をも予感させる、あれはあまりにも不穏な出会いだった。

2

うちの学校の登校時間は、毎朝八時十五分。でも月の最初の月曜日だけは違う。月の最初の月曜日、生徒は全員八時までに体育館に整列して、校長と教頭と生活指導教諭のトークをありがたく拝聴しなくてはならない。

一年間に、だから都合十回の全校集会が開かれることになる。始業式や終業式、その他式典諸々《もろもろ》を除いての数だ。……いや、なんか多くない？　集められる側の俺は常々そう思っている。喋《しゃべ》るネタを毎月捻《ひね》り出す方も案外苦しいんじゃないだろうか。

しかも「月の最初の月曜日」というのが曲者《くせもの》だ。その月によって日付が違うと、なかなかサイクルとして自分の中で定着させられない。これまでの三年間で、一体何度集会に遅刻してしまったことか。

そしてまた今日もだ。

（はっ！　集会！）

やらかしてしまったことに、静まり返る無人の教室に入ってからようやく気が付いた。そういえば、校門付近から下駄箱《げたばこ》、廊下、階段と、なんだか誰もいない気はしていた。みんなとっくに体育館か。教室につくまで気付けないのが俺という人間のクオリティか。

コートとマフラーをむしり取るように引っ摑《つか》み、自分の席方面に鞄《かばん》ごと放り投げて教室を飛び出す。廊下を全力ダッシュ。

集会なんかもちろん出たいわけがない。立ちっぱなしでクソ寒くてだるくて、あれはもはや純粋に苦行だ。でもこのままさぼるという選択肢もない。出なけりゃ担任に長々と説教を食らう。もしも「いや、俺いましたけど」などと嘘《うそ》をつこうものなら、じゃあ今日の話の内容を一から全部言ってみろよ！　的な、さらに大変なことになる。それは一度やってみて、二度としないと心底懲《こ》りた。遅れてでもなんでも集会に出る方が、さぼるよりよほど楽なのだ。

校舎から体育館へ続く渡り廊下へ出ると、コートなしの身に寒さが沁《し》みた。吐く息が汽車の蒸気みたいにもくもくと白く目の前を煙らせる。曇った空も真っ白で、今にもぽたぽた冷たい牛乳でも降ってきそうだ。

目立たないようにこっそりと体育館の中に入っていくと、校長はすでに壇上にいた。楽しい集会は始まっている。

前から三年生、二年生、一年生と並ぶように決められていて、広い体育館にはぎっしりと隙間《すきま》なく男女の頭が並んでいる。二学年分の人の間を縫ってクラスの列に紛れ込むのは難しそうで、仕方なく、一年生たちのさらに一番後ろについた。担任に「俺います！」とアピールしたかったが、教師陣の列はここからは遠く、とても気づいてもらえそうにない。今日はこのまま一年生に混じっているしかなさそうだった。

話は相変わらずしょうもない。校長は農家出身で、冬の季節は「関節のこの横線に沿ってこう、ぱくぱくーっと開くんですな」あかぎれがつらかったそうだ。でもそれ本当に、あえてこうして俺たち全員朝から集って、それぞれの身体《からだ》で育成した個性豊かな風邪菌やインフルエンザウイルスを交換しあってまで聞く必要がある話かな？

しばらくは大人しく退屈な話に耐えていたが、やがてこらえられなくなって、つい横を向いてあくびをしてしまった。

斜め前に並ぶ一年生たちのグループが妙なことをしているのに気が付いたのは、そのときだった。

（……あいつらなにやってんだ）

一人の小柄な女子に向かって、数人で後ろからなにかを投げつけているのだ。紙屑《かみくず》だろうか。くしゃくしゃに丸めたティッシュかなにか、まあゴミだろう。投げているのは男が三人、いや四人。それを見ながら笑っている奴《やつ》らが男女合わせてもっとたくさん。

くすくすくす、と低く響く笑い声に教師たちは誰も気付いていない。壇上の校長も自分の話をするのに夢中だ。止める奴もいなくて、的にされた女子の足元にはすでにゴミがいくつも落ちて転がっている。

（いじめ？）

思ったその瞬間、じわっと腹の中に黒い毒を飲んだような感触が広がった。

外気より冷たい笑い声の真っ只中《ただなか》で、女子は微動だにしないで耐えている。その背中に、肩に、頭に、次々投げつけられる悪意の礫《つぶて》。怪我《けが》するようなものをぶつけられているわけじゃないが、それにしても気分のいい光景では到底ない。

朝からなんて嫌なものを見てしまったんだろう。思わず目を逸《そ》らすが、見ないでいれば気分がよくなるわけでもなかった。もう一度視線を向けたその時、上履きの片方を投げたバカがいた。

それは弧を描いて悠然と宙を飛び、女子の頭に「パカッ！」と間の抜けた音を立てて着弾し、

「……っ」

その足元に裏返しになって転がった。かすかな悲鳴を聞いた気がした。しかしそれはすぐに「ぷっ……」「あれ誰の？」「怒られんぞさすがに」「超うける……」押し殺し切れない笑いを孕《はら》んだいくつもの囁《ささや》き声の中に紛れた。

でも俺は聞いた。小さな悲鳴を、絶対に、聞いたと思った。俺の耳には確かに届いた。

自分も笑いを取りたいとでも思ったのか、俺の目の前にいた別の奴が上履きを脱ぐ。それを恐らく投げつけようと引いた肘《ひじ》を、反射的に後ろから強く摑《つか》んでいた。

びっくりしたように振り返った顔はまだ本当に幼くて、そのあどけなさに俺はちょっと息を飲んでしまった。二歳しか離れていないのにこんなに子供なのかよ。

「やめろ」

なんとか言葉にできたのはそれだけ。気のきいたことなんかとっさに言えやしない。声も掠《かす》れてしまったし、その後に続くセリフも出てこない。でもとにかく真剣に、本気でそいつの目を覗《のぞ》き込んだ。こんなことやめろ。こんなこと、しちゃいけない。

その一年生は、あんた誰、とでも言いたげな間の抜けた顔をしていたが、俺の校章のフェルトの色を見て三年生だと気付いたらしい。ごまかし笑いを急に浮かべ、「や。ただのギャグっす。すいません」肩をすくめて小さく頭を下げる。俺とのやりとりに気づいて振り返る他の奴らには、「なんか知らない先輩に注意されちった」と冗談めかして囁く。へらへら笑いの一年生たちが数人、肘をつつきあいながら俺の方を見る。ひそひそ言い合って、また笑う。

なんだか小ばかにされたようで釈然としなかったが、とりあえず、もうあの女子にゴミを投げつけようとする奴はいなかった。

そのとき、的にされていた当の被害者が俺の方を振り返った。俺の顔を見た……ような気がした。

長く垂らされた前髪の隙間から、視線を感じたのはわずか一瞬。その目はすぐに逸らされた。

集会が終わるとすぐに体育館は騒がしくなった。

体育館から校舎へ戻る扉は四か所あって、紺色の同じ制服を着た群れは口々におしゃべりしながら流れ、別れて、近い出口から外へ出ていく。

その流れを堰《せ》き止める小石のように、いじめにあっていた女子はしゃがみこんでいた。自分に投げつけられたたくさんの紙屑と上履き（じゃあ持ち主は今、片方裸足《はだし》でいるんだろうか？）を、一人で黙々と拾い集めている。あまりにも悲しい光景だった。しかもそのすぐ脇《わき》を通る女子たちは、「なにしてんのこいつ」「うっざいなぁ」「通行の邪魔！」鋭く睨《にら》み付けながら強い言葉を吐き捨てていく。悪意の礫を投げつけるように。

さっきの分だけじゃまだ足りないのだろうか。

なにも言い返さないまま俯《うつむ》いて、しゃがみこむ小さな背中。その背に声をかけずにいることは、俺にはものすごく難しかった。

「なあ」

かわいそうな女子に、そっと呼びかける。

「見てたけど、いつもあんなことされてるのか？　担任とかに相談は？」

返事はない。

女子は顔も上げないまま、手だけを動かし続けている。体育館は騒がしいから、俺の声が聞こえなかったのかもしれない。

「なあ、あのさ」

その背にそっと手で触れた。本当に軽くだ。背後から話しかけている俺の存在に気づかせたくて、ぽん、と。誰にでも普通にやるように、絶対に痛いわけなんかない程度に、名前も知らない後輩女子に対してはごく常識的な範囲で、背中をちょっと叩《たた》いただけ。ただの合図みたいな感じで。

なのに、

「ああああああああああああああああああああああああああああ！」

——なんだそれは。

突然絶叫を食らわせられて、俺は、

「……」

為《な》す術《すべ》なく凍りついた。

触れたところが運悪く爆破スイッチだったのか。もしくは衝撃で危険な化学反応が起きてしまったのか。治療中の出来物とか傷口とかに偶然この手が触れたのか。わからないがとにかく俺は、なんらかの過《あやま》ちを冒したらしい。

彼女は俺が背中に触れた瞬間、いきなり跳ね上がって絶叫し、ねずみ花火みたいに回転しながら爆《は》ぜた。両足ジャンプで思いっきり跳び退《すさ》り、一メートルほど離れて、今。すごい猫背で俺を見ている。じっと見ている。まだ見てる。……見られているぞ！

しかしなんにも言えないまま、俺はただ呆然《ぼうぜん》と、見られ続けていることしかできない。こんなふうに叫んだり跳んだりする人間と遭遇するのは生まれて初めてなのだ。意味不明すぎて超怖い。どうすればいいのか本当にわからない。氷の像になって立ち尽くし、まっすぐ目と目が合ってしまったまま、息の仕方さえ忘れ果てる。変な汗がこめかみに滲《にじ》んでくるのがわかる。肌に貼《は》りつく前髪をかきあげようと右手を上げたその瞬間、

「あああああああああああああああああああああぁぁぁぁぁぁぁ」

第二波が来た。

再びの絶叫爆発を真正面から食らい、

「……」

俺はやっぱりなにも言えない。もっと固く凍りついて、事態はさらに混迷を極める。

だから、なんだそれは。なぜなんだ。なんでなんだよ。どうしたんだよ。どうすりゃいいんだよ。俺も叫べばいいのかよ。もしくは合いの手でも入れて欲しいのかよ。でもそんなの難しいだろ。急に言われても普通に無理だろ。ていうか、この、宙に浮いたままの右手はどうすればいいんだよ。

ちなみに絶叫の第二波は、なにを隠そうまだ「ぁぁぁぁぁ」続いている。身体の跳躍を伴わなかったせいか妙に伸びがいい。薄い肩をぶるぶる震わせて、体内に残る酸素をすべて絞り出すかのように、——……ぁぁあああっ！」やっとフィニッシュ。叫び終わった。キレもよかった。

とりあえずそろそろと、刺激しないよう慎重に、右手を下ろすことにだけは成功した。でも彼女はまだ俺を見ている。

このままダッシュで逃げたりするのは恐らく危険だ。背を向けていきなり走ったら、かえって本能を刺激して追われることがあるらしい。かと言って死んだフリをするのも危険だ。食えるものかどうか一口確かめられでもしたらそれが致命傷になりかねない。というか俺は今なぜ熊《くま》に遭遇した時の対処法を思い出そうとしているんだろう。悪い夢のようだった。突っ立ったまま彼女を見返すことしかできなかった。視線を外していいのかどうかすらわからない。

とにかくわかるのは、この状況が、

（……やっべえ……）

というこ とのみ。

後ろ姿を見ていた時には特になにも感じなかったが、こうして向き合ってみれば、彼女はパッと見でもうやばい。結構深刻なレベルでやばい。

妙にべたついて見える埃《ほこり》っぽい質感の黒髪がブレザーの胸下あたりまでを覆《おお》い、老人のように背中を丸めた立ち姿。分厚すぎる黒タイツは毛玉だらけ。プリーツの死んだスカートは長すぎるし、垂れた前髪に半ば以上隠されている顔は異様なほどに青白い。かろうじてみえる尖《とが》った顎《あご》のラインはあまりにも肉がなかった。年頃の女の子らしい柔らかな丸みは刃物かなにかで削《そ》ぎ落とされてしまったかのようだった。頭蓋骨《ずがいこつ》自体の造りの薄ささえ感じる。ちょっとした衝撃でも、容易《たやす》く壊れて粉々になってしまいそう。絶対にそんなことはしないけれど、もしも殴りつけでもしたら、ガラスよりも易々《やすやす》と砕け散ってしまいそう。

そして目。目もきてる。

俺を睨みつけるように見開かれた目は、異様なほどにぎょろりと大きい。眼球の曲面はやたらと危なくぎらついて、光をぎらぎら放っている。その目つきだけでも「やばい」と判定せざるを得ないオーラがドーン！　彼女のやばさは眩《まばゆ》い光柱となって、体育館の屋根をも突き破り天まで高々と噴き上がるようだった。

気付けば俺たちの周りには、綺麗《きれい》に丸く空間ができていた。立ち入り禁止の危険区域内に取り残された俺には、「こっわ」「またあいつかよ……」「やばすぎ」などと囁く声が聞こえていたが、助けに入ってくれる奴はいない。

どうすればいいのかわからず、俺は迷いに迷った末に、

「……ご、」

我ながら情けない声で、

「……ごめん……」

謝っていた。

悪いことをした自覚などない。でも口だけでもとにかく謝って、なにか許してもらわなければいけない気がしたのだ。それほどまでに俺は今、この子のことが怖かった。対する返事がまた絶叫だったらどうしようか。思わず唾《つば》を飲んで身構えるが、それは発生しないまま、息詰るような沈黙だけが数秒続く。状況は膠着《こうちゃく》している。

……ひょっとして、謝罪の声が聞こえなかったのか。もう一度、もっと近くから同じことを言ってみようか。恐る恐る、接近を試みる。じりっと爪先《つまさき》を前に進めてみる。その爪先に、彼女の視線がカッ、と向けられたのがわかったのとほぼ同時、

「うお!?」

いきなりなにかを投げつけられた。

驚いて身を引いたが間に合わず、顔面に真正面から衝撃を食らう。ガサ！　ボコ！　と俺の足元に落ちる。見れば、紙屑と上履きだった。

彼女は両手に抱えていた紙屑と片方の上履きを、俺に向かって投げつけてきたのだ。それまで自分がぶつけられていた、具現化された悪意の礫を。この俺に。この、俺に。

女子はそのまま踵《きびす》を返し、獣みたいな素早さで俺に背中を向ける。そのまま走り去っていく。「あ、俺の」と誰かが俺の足元に転がった上履きを回収していくのがわかった。でも声もなにも出なかった。

何事もなかったように、俺の存在になど気づかないように、制服の群れは流れ続けている。出口へ向かう、紺色の奔流。

――別に、お礼なんか期待していない。そういうつもりで声をかけたのではない。見返りなんか考えもしなかったし、俺のことなんか本当に全然どうでもいい。いいんだけど。いいけどね。でもさあ。

（……はあ……!?）

なんだこれ、とは思うだろそれは普通に。俺が君になにかしたかよ。

ゴミとともに佇《たたず》んだまま、無為に瞬《まばた》きを繰り返す。手足が痺《しび》れたようになって、身体もずっしり重くなる。前髪を払うと、なにも言えない俺をあざ笑うかのように、ちぎれた紙片がぱらりと鼻先へ落ちてきた。

黙ってやられっぱなしでいたくせに。誰にも言い返すことすらしなかったくせに。

(それなのに、助けに入った俺にはこれか……!?)

いじめられる奴だって悪いんだぞ、的な理論が俺は大嫌いだけど、でもこんな理不尽な目に遭ったらちょっとは——いや。いやいや。そんなことやっぱりどうしても思えない。思えないが、今の自分のこのザマを憐《あわ》れむ権利ぐらいはあるはずだ。ぺっ、と口に入ってしまった埃かなにかを手の甲に吐き出す。情けない。虚《むな》しい。悲しい。腹立たしい。

「清澄！」

名前を呼ばれて振り返ると田丸《たまる》がいた。

「おまえ今までどこにいたんだよ？」

ふざけて首にぐいっと腕をかけられる。よろめきながら小さくこっそり息をつく。日常がやっと戻ってきた。異常な出来事はとりあえず終わったのだ。

「……いや、遅刻して、一年のさらに後ろに並んでたんだけどさ」

「そうなん？　なに、なんかぼーっとして」

「そうしたら、いじめっぽい事件を目撃して」

「え、まじで？」

「俺は『やめろよ』的な感じで注意したんだけど」

「おお、やるじゃん」

「結局、このザマだ。……なんだよあれ。まじで意味がわかんねえ。ほんっとに、つくづく、わけわかんねえ……とりあえず、なんつうか、最悪……」

「おまえがなにを言ってるのかまず俺にはわかんねえよ。ていうかなんで肩にティッシュなんか乗せてんの。きったねえなあ、もしかしてこれって鼻かんだヤツかよ？　あーあー床にもこんなに落として。清澄くんたらだめな子ねえ」

田丸はここまでの顚末《てんまつ》をまったく見ていなかったらしい。顔面に投げつけられたゴミを俺が落としたものと思い込んで、屈《かが》んでいくつか拾ってくれる。が、

「うお!?　なんだよ！」

いきなりそれらを床に放り出した。反射的に目をやって、俺も悲鳴を上げそうになった。

丸められた紙屑はメモ用紙で、そこには大きな字でくっきりと悪意の証拠が残されていたのだ。

しね、の二文字。

見てしまって、怖い、とはっきり感じた。

さっきの女子も怖かったが、でもなぜだかもっと何倍も強く、今。

俺にはこのあどけないほどにありふれた、たった二文字の悪意が怖かった。

たまたま田丸（ギャグじゃない）は見ていなかったあの集会後の数分間の悪夢だが、他の何人かにはしっかり目撃されていたらしい。とはいえ別に一大センセーションを巻き起こしたり、教室中の話題を俺が独占したりは全然しなかったが、

「やばいってさ」

忠告かなにかをしてくれるギャルはいた。

昼休み、いつものように田丸の席でだべりながら弁当を食っていると、近づいてきたのは尾崎《おざき》だった。

尾崎はサラサラの髪をかきあげて、座っている俺たちをなぜか必要以上に偉そうに見下ろしてくる。開いたシャツの襟《えり》の中に、彼氏アリの印である指輪をわざわざチェーンに通してかけているのがまあうざいことうざいこと。指輪なら指にすりゃいいし、誰に対してなんのアピールかと。とてもとてもとてもとてもうざいが、

「やばいとは？」

せっかくなので意見を拝聴することにした。

「一年」

「は？」

「いるじゃん」

「なにが？」

「妹」

「え？」

「うちの」

「尾崎の？」

「そう。さっき。話したのね」

「尾崎が？　尾崎の妹と？」

「そう。おまえのこと。言ってた」

「ていうか、できればもっと長い言葉をダイナミックに使って話をどんどん先に進めてくれないか？　こうしている間にもどんどん俺のメシが乾いていくんだよ」

「おまえ、集会で。喋ってたでしょ、女と。変な一年」

「ああ……はいはい。あの件ね」

喋ってた、という平和な表現にはいまいち納得いかないが、なにについての話なのかはわかった。午前中の授業の間、ずっと俺の頭をじんわり混乱させていたあの件ね。

「って、え!?　あれ、尾崎の妹なのかよ!?　うわあー、似てねえなー……」

「じゃねえよ。うちの妹。一年なの。一年の中で、おまえ、噂《うわさ》になってんの。『くらもとはり』と喋ってた三年がいるって。そいつ、関わるとやばいんだって。なんか頭おかしいんだってさ。学年一の嫌われ者」

「くらもとはり……って、あの子の名前？」

「そんだけ」

尾崎は自分が言いたいことだけ言って、さっさと女子グループの方へ戻っていってしまった。ほのかに尾を引く甘ったるい匂《にお》いは、香水かシャンプーかデオドラントスプレーか。

田丸はその背を見送りながら首を捻《ひね》り、

「くらもと・はり？　くらも・とはり？　くら・もとはり？　さの・もとはる？」

姓と名の切れ目について悩んでいるらしい。

「くらもと、だろ。普通に考えたら」

「そうか。しかし、はり、ねえ。つけるかねそんな名前。外国いったら『くらもとニードル』だぞ」

あまりのフィット具合に軽く噴き出しそうになる。体育館で絶叫していた、尖った針だらけの謎《なぞ》の生き物。その名もずばり、くらもとニードル。そしてその針になぜか刺された間抜けな被害者がこの俺。

田丸はおかずを口に放り込み、もぐもぐしながら喋り続ける。

「もしかしてそいつ、変な名前のせいでいじめられてるんだったりして」

「まさか。小学生じゃねえんだから」

「でもやってることはまんま小学生レベルじゃん。朝のあれ、『しね』って書いてあったメモとか。なんかすっげえゾーッとしたけど」

「ちなみにその前は上履き投げつけられてたぞ」

「げー、ひっでえ。やだね、女の陰湿ないじめは」

「上履き投げたのは男な」

「うーわ。男も一緒になってやってんの？　じゃあ余計やだわ。つか今年の一年ってそんな殺伐としてんだ、かわいそうに」

「そして最終的になぜか助けに入った俺がキレられるというね」

「そう、なにげに清澄が一番かわいそう。意味わかんねー」

弁当をかきこみながら田丸は笑う。俺も笑い返したが、しかし食欲は急速にしぼんでいく。三分の一ほど残った弁当箱の中身を無力に眺めて箸《はし》を置く。

頭がおかしい嫌われ者。しゃがみこんで、なにを言われても言い返さずに、小さくなっていた背中。二回絶叫して、ゴミを俺に投げつけて、逃げていった後ろ姿。嫌われても当たり前みたいな、名前の変さ程度のことはもはや問題にもならないようなやばい女子。

――誰も、味方がいないのだろうか。

いきなり食べるのをやめた俺を見て、田丸が「唐揚げ残すの？　食っていい？」と聞いてくる。取りやすいように弁当箱を差し出してやりながら、改めてあの恐ろしい絶叫っぷりを思い出してしまう。

あんな様子を見てもなお、お近づきになろう、仲良くしよう、なんて思う奴はいないだろう。頭おかしい認定されても仕方ない。彼女が俺にとった態度を思えば、味方なんていなくて当然かもしれない。

でも。

「一番かわいそうなのは、やっぱ、俺じゃねえかも……」

一つの小さな的に向けられた多方向からの悪意の礫は、まるで空から降り注ぐミサイルの雨だ。しね、しね、しね、と降ってくる。そして彼女には傘がない。

誰かを嫌ったり恐れたりすることぐらい、人間ならば当たり前にある。その対象がかぶることもあるだろう。でも、だからって、どうしてそれが総攻撃の合図になる。無関係を保つだけじゃすまない理由はなんだ。気に食わないものが世界に存在すること自体が許せないのか。いじめなんてする連中は、それほどまでに傲慢《ごうまん》に世界のすべてを思い通りにしたいのか。

弁当の続きはもう一口も食えそうになかった。母さんには悪いが残すしかない。くらもとニードルは有毒だ。朝に突き刺された心臓からじわじわと毒が回ってきて、今はもう、こんなにも胸が痛くてたまらない。

「……一学年、まるまる全部にいじめられてるとしたら、それはかなりきつくねえ？　誰も助けてくれない、味方がいない、っていうのはさ」

俺の呟《つぶや》きに、唐揚げを頬張りながら田丸も頷《うなず》く。

「まあきついだろーね」

「ちょっと、尾崎に聞いてくる」

「なにを？」

「くらもとはりが何組か」

「え？　もしかして会いに行くの？　おい、清澄！」

＊＊

いじめは世界にありふれている。

今も、昔も。多分未来にも。子供だってするし、大人だってするらしい。いじめがない世界なんて想像できない。うちのクラスにもあるのかもしれない。俺が気づいてないだけかもしれない。でもありふれているからといって、俺は一つも肯定しない。あっていいなんて絶対に思わない。

くらもとはりは一年A組だと尾崎に聞いた。尾崎の妹と同じクラスらしい。

その教室に向かうために一人で階段を降りていくうちに、いつもはほとんど忘れかけている思い出が蘇《よみがえ》ってきた。

俺もかつては、一年生だった。

あの頃、こうして一人で昼休みの階段を、一体何度往復したことだろう。

誰も話し相手のいない教室にいるのがいやで、というか、俺が話し相手もいない奴だという事実が誰かにバレるのがいやで、いつも一気に弁当を食った後、用もないのにいそいそと教室を出ていくことにしていた。そうしてさもどこかに向かう途中のような顔をして、ひたすらこの階段を上ったり下ったりしていたのだ。

入学してすぐに、目立つ連中がクラスを仕切り始めた。そのグループに、俺も入りたかった。中学時代はずっと地味だった自分のイメージを、高校入学を期に一新するつもりだった。「クラスの中心的グループに属する俺」になりたかった。

そのグループが集まって話をしていると、俺も「なになに？」と割り込んだ。一緒に話せばやがて仲良くなれると信じていた。スナックを食っていれば「俺にもくれよ」と手を伸ばした。帰り道にはみんなの後ろをついていった。徒歩通学の俺だけが曲がる交差点を越えた後で、みんながどこにいくかは知らなかった。一緒に帰ってる、はずだった。

俺にはわからない話ばかりされても、俺の話だけは聞こえないフリをされても、俺の帰り支度は誰も待っていてくれなくても、それでもいつか時間さえ経《た》てば自然に馴染《なじ》めると思っていた。ノリのいい、笑いのセンスのいい、派手なそのグループが俺の居場所になると思い込んでいた。一体どうしてなんだろう。俺が仲良くしたいと思っているのだから相手も同じ気持ちを返してくれて当然だなんて、どうしてそんな傲慢なことを思っていたんだろう。

決定的だったのは、ある休日だ。

その前の日、明日は服見てからカラオケ行こうぜ、と盛り上がっていた。俺も一緒に盛り上がっていたつもりだった。時間を決めて、待ち合わせをした。なにを着ていくか一晩真剣に考えて、大事な小遣いを握りしめて、電車に乗って張り切って出かけた。だけど、誰も来なかった。だいぶ待った。十時から十五時過ぎまで待った。来るはずの奴の誰にも不思議なぐらい連絡がとれなかった。改札を行き来するたくさんの人々が全員俺を見ているような気がした。頭の中で、なんで？　どうして？　なにか間違えた？　そればかりを繰り返しながら、泣きたい気分を必死にこらえ、棒のようになった足を引きずって、みじめに一人で家に帰った。

次の日、学校で俺は努めて明るくギャグのように「なんで昨日来なかったんだよ

〜！」と笑って言った。こうやって文句を言えるなんていかにも仲間っぽい、とまで思っていた。

「は？　なんの話？」

それが返事だった。そして、「意味不明」と向けられた背中。

いまだにはっきりとはわからない。

あいつらは相談して、うざったい俺を待ちぼうけにする嫌がらせの計画を立て、それを実行したのだろうか。それとも単に予定が変わって、はなから数になど入っていなかった俺にはそれを伝える奴もいなかったということなのか。悪意があったのか。なかったのか。どっちの方が俺にはより深い痛手なのか。

とにかく、もう無理だ、ということだけはわかった。最初からずっと、そこには俺の思い込みと勘違いしかなかったのだ。そもそも俺と仲良くしたい奴なんかいなかった。そんな明らかな現実から、無理矢理に目を逸らしていただけだった。俺の方から近づくのをやめると、もちろんすぐにそいつらとは一切関係がなくなった。

そのグループとつるんでいる、とそれまで必死に思い込んでいた俺には、教室に居場所がなくなってしまった。だから昼休みにはひたすら一人で階段を昇り降りしたり、別の棟のトイレまで行ってみたりして、用事があるフリを必死でしていた。足を無心に動かして、誰かに求められている自分を演じていた。心はズタズタだった。

俺にはまったく価値がなく、だから誰も俺と付き合いたくないんだな、と思った。自分が嫌われているという現実を認めるのはきつかった。学校やめたい、は当然。いっそ死にたいぐらいの気分だった。それでも休まずに登校し続けたのは、女手一つで俺を育ててくれている母さんにだけは、息子がこんなみじめな事態になっていることを悟られたくなかったからだ。

しかし自分でも驚くぐらい、案外あっさりと救われた。

それまで特に話したことのなかった奴と係で組まされて、話してみたら、妙にしっくりと気が合ったのだ。喋っていると楽しくて、話を止める方が難しかった。お互い特になにを宣誓したわけでも約束したわけでもなく、気が付けば、いつしか自然につるむようになっていた。

それが田丸玄悟《げんご》だ。

三年間、たまたま田丸（ギャグじゃない）とはクラスも一緒だった。他にも友達と呼べるし呼んでくれる奴らができて、高校生活は総じて順調だった。卒業するのが惜しいぐらい、楽しい日々だった。

一年生の教室は二階に並んでいる。

懐《なつ》かしい廊下を歩いていくと、壁面に模試の総合成績優秀者が三十位まで張り出してあった。その九位のところにだけ、画鋲《がびょう》が真横にびっしりと突き刺されて名前が読めなくされている。

足を止め、深々と刺された画鋲を一つずつ抜き取っていく。思った通りだった。そこには「蔵本玻璃《はり》」の名前があった。

（針じゃなくて、瑠璃《るり》も玻璃も照らせば、の方か……）

綺麗な名前じゃん、と単純に思った。

抜き取った画鋲は余白の部分に刺しておく。名前に開いてしまったいくつもの穴は、まるで傷口のように見える。小さくても深いし、痛いだろう。治せるわけでもないのに、思わずそっと撫《な》でてしまう。指の腹に黒いインクがわずかにつくが、汚れたままで、また歩き出す。

俺にはかつて、居場所がなかった。嫌われ、受け入れてもらえず、孤独だった。

でも、いじめにあっていたのかと訊《き》かれたら、頷くことはできない。

もしもあの頃、あの孤独に「いじめ」という名をつけてしまっていたら。そしてあの状況を「攻撃された」と認識していたら。きっと俺は、今のような満ち足りた高校生活を送ることはできていなかった。

俺は孤独だっただけで、攻撃を受けた被害者ではないのだ。そして孤独には意味があった。

俺は、誰かが友達になってくれることが当たり前ではないと知っている。誰かが俺を大事に思ってくれることも、全然当たり前のことなんかではないと知っている。「在る」のが「難しい」から「ありがたい」のだと知っている。

それを知ることができたのは、あの孤独があったからだ。あの孤独の中で、自分の無価値さと向き合うしかない静かな闇《やみ》を、一人で味わって生き延びたからだ。そこに差し伸べられた手が、俺なんかに向けられた友情が、どれほど嬉《うれ》しかったことか。

あの孤独を知らないままでいたら、俺は今ほど友達を、というか他人を、大事には思えていなかっただろう。きっと傲慢な勘違いガキのままだった。そんな俺を大事にしてくれる奴とも出会えなかった。

今の俺にとって、孤独だった頃は、正直あまり思い出したくない手痛い過去ではある。でも同時に大切な宝物で、財産でもある。捨て去ることなど決してできない。

孤独であるということと、いじめを混同してはいけない。誰にも話しかけられないこと、上履きを後ろから投げつけられることは違う。自分の無価値さに直面して泣くことと、しね、と書かれたゴミを投げつけられるのも違う。孤独は一人で抱えていればやがて宝にもなるものだが、いじめはそうじゃない。いじめは、痛みと傷しか残さない。叩き潰《つぶ》されれば未来を失う。それに耐える意味などない。

歩きながら指先についたインクを見る。俺にはこれが、蔵本玻璃の傷口から流れ出た痛みの証《あかし》のように思える。

もしもいじめを知りながら、「俺には関係ない」と無視して通り過ぎてしまったら、俺はせっかくここまで抱えてきた宝を自ら捨てることになるだろう。それは孤独に戻るという意味じゃない。自分の生きる世界まるごと、過去も未来も友達も家族も、すべてを自分でクソにしてしまうということだ。

かつて孤独は、世界は二つにしか分けられないということを俺に教えてくれた。あまりにも小さな点みたいな自分と、あまりにも巨大なそれ以外だ。

自分じゃない巨大なナを、べっとり汚すこともできる。大事に尊重することもできる。その二択なら、俺は大事にする方を選びたい。だって俺はこの世界に生きているのだ。俺はこれから先も何十年と、この世界で生きていく。そしてこの世界の「ありがたさ」を知っている。だから大事に磨いて綺麗にしたい。そうすることを選びたい。傷口から流れる血を見過ごしたりもしたくない。

たとえこの指が汚れても、拭《ぬぐ》ってやる方を選びたい。雨が降るなら、傘だって貸してやりたい。

＊＊

騒がしい昼休みの廊下から、一年A組の教室の中を覗いた。

一年生のクラスにいきなり現れた三年生はやはり異物だ。訝《いぶか》しそうに俺を見て、なにか言っている奴もいた。朝の一件で学年中の噂になっているというのも本当なのかもしれない。

蔵本玻璃は教室の隅にいた。

窓際《まどぎわ》の席の影の中、一番後ろの席。昼飯のにおいが立ち込める騒々しい教室で、たった一人だけ誰とも話さず、髪を顔の周りに囲いのように垂らして表情を隠し、暗く静かに俯いている。

その姿を見て、俺は自分があまりにも無策なままでここまで来てしまったことに改めて気が付いた。声をかけようとか、相談に乗ってやろうとか、具体的なプランはなにもない。ただ、どうしているんだろうと思っただけ。どうしても気になってしまって、様子を確かめたかっただけ。

このまま黙って引き返す気にはなれず、しかし下級生の教室に踏み込むのも躊躇《ためら》われる。下手に接近して、また朝のように騒がれるのも恐ろしい。次の行動を決めかねて、無意味に戸口を塞《ふさ》ぐ邪魔者になっていると、

「……！」

ぐっ、と息が詰まった。

見てしまった。

黙って座っているだけの蔵本玻璃の机の足や椅子《いす》の足を、通りすがりざまに蹴《け》っていく奴がいたのだ。それも何人もだ。その鈍い音が俺の耳にも聞こえた。猫背の身体が揺れるのも見えた。

何人もの奴に繰り返し蹴られて、揺れた机の上からペンケースが落ちる。散らばった中身を、また蹴り散らかされる。踏まれる。蔵本玻璃はのろのろと立ち上がり、しゃがんでそれを拾い集める。

全員が、その姿を無視していた。見たら呪《のろ》いでもかけられるかのように顔を背けていた。俺だけがただ一人、陰湿な攻撃を受ける蔵本玻璃を見ていた。

壊れそうな顎で、薄い頭蓋骨で、蔵本玻璃はペンケースを摑《つか》んで立ち上がる。黙り込んだままで床を見回している。散らかった中身を探しているらしい。その時揺れた髪の隙間《すきま》から、あの大きな目が俺を見た。見つけられた。ギラリと光る危なっかしい眼差《まなざ》し。戸口に立つ俺を見返して、さらに大きく黒々と見開かれる。

なにやってんだよ、と、口の中で思わず呟いた。その主語は「あいつら」じゃなく、「蔵本玻璃」だ。

なにやってんだよ、蔵本玻璃。

そんなに強い目を持っているのに、その目でそうして見られるだけで俺はこんなにもびびってしまっているのに、どうしてそれをあいつらに向けない。

朝、俺にしたみたいにやってやれよ。こういう時にこそ、オーラMAXで爆発しろよ。やばさ全開で立ち向かえ。おまえのやばさはある意味パワーだ。圧倒してやれ。そして俺にしたみたいに、悪意なんか投げつけ返せ。嫌われたっていいんだよ。どうして黙って耐えているんだよ。立ち向かって戦うべき敵はあいつらだし、おまえにはそれができるだろ。

俺を見て、ひそひそなにか言い交している一年生の姿が視界の端に入る。

「正義のヒーロー気取りで……」

そう言われたのは、はっきり聞こえた。聞こえるように言ったのかもしれない。

おお、それがなんだよ、と思う。そいつらの方をまっすぐに見てやる。なにをたじろいでやがる。もし俺が本当に正義のヒーローだとしたら、それがどうした。なんなら変身でもしてやろうか。正義の名のもとに一刀両断、斬《き》り伏せられる覚悟もなしにこんなことをやってるとは言わせない。おまえらに、己が悪の側に立ってる自覚と恥はあるのかよ。

そもそも一年坊主《ぼうず》どもになにを思われようが心の底からどうでもよかった。こっちはどうせ春には卒業だ。俺のことなどどうでもいいんだ。

おまえなんだよ。蔵本玻璃。おまえが変われよ。

おまえが自分自身でもっと――

「清澄」

背後から急に声をかけられて振り返った。教室に置いてきたはずの田丸が、俺を少し心配そうに見ていた。後を追ってきてくれたらしい。

「気持ちはわかるけど、あんまりおせっかいしない方がいいかもしんねえぞ。もうすぐ受験って時に、一年生の問題になにも自分から突っ込んでかなくてもいいじゃんよ」

「あれ。見ろよ」

軽く蔵本玻璃の方を指して見せるのと、彼女の椅子が男子の一人に思いっきり蹴り倒されるのがほぼ同時だった。跳ね上がった椅子が床に叩きつけられる。その音に、蔵本玻璃もさすがに驚いたらしい。びくっと薄い肩が震えたのがわかった。それでも教室の連中は気づかないふり。見ないふり。

蔵本玻璃も黙っている。倒れた椅子を起こしもせず、再び深く俯く。下ろした髪のガードの中でどんな顔をしているんだろうか。

田丸は何度か目を瞬《またた》き、ちょっと唇を舐《な》めて、やがて低く「……ひでー」とだけ呟いた。俺は必死に冗談めかして、「許せん。悪は成敗しないと」としか言えなかった。いくらかは本気だった。

「でも清澄、おまえになにができるよ？」

「俺には、」

俺には——なにができるだろう。答えかねて、田丸の顔をじっと見つめ返してしまう。わからない。今、自分がどんな顔をしているのかすらわからない。なにをするべきなのかもわからない。

蔵本玻璃が、ゆっくりと顎を上げる。そしてまた、俺を見る。まるで俺が椅子を蹴り倒した犯人であるかのように、俺のことだけを強く睨み付ける。だから、なんで俺なんだよ……。ため息が出た。あーもう！　とか喚《わめ》きながら、頭を滅茶苦茶《めちゃくちゃ》にかきむしりたい。じれったいというか、腹立たしいというか、本当にもう意味がわからない。

場違いなほどのんきなメロディーのチャイムが鳴り始める。

昼休みが終わってしまえば、俺たちはこれ以上ここにはいられない。学年が違うということは、学校生活においては違う惑星に住んでいるほどの遠い隔たりだ。急いで自分の教室に戻るしかない。

でもその前に、蹴り倒された椅子だけは起こしてやろうと思った。ずかずかと教室に侵入した俺に、直接なにか言ってくる奴はいない。横倒しになって転がった椅子を摑み、元の席の位置に戻す。それはほんの十数秒の作業だったが、蔵本玻璃はその間も、ずっと俺を睨み続けていた。

失礼しまーす、と頭を下げてから教員室を出ると、廊下の寒さが足元にしみた。

俺はこの放課後、正義のヒーローならぬチクリ屋となって、名よりも実をとることにした。

＊

帰りのホームルームが終わるなり、教員室に向かい、一日ずっとポケットに入れていたあの「しね」メモを一年A組の担任に渡したのだ。そして朝の集会で見たことと昼休みに見たことを仔細《しさい》漏らさず報告した。話しているうちにうちの担任も寄って来て、他の教師も座ったまま椅子を転がしてやって来て、ちゃんと俺の話を聞いてくれた。

一年A組の担任と話すのは初めてだった。まだ若手の女の先生だった。

「問題が起きてるのは以前からわかっていたんだけど、なかなか解決できないでいるの。今の話を聞いて、思っていたよりずっと状況が悪いのがわかりました」

そう言う声はなんとも不甲斐《ふがい》なくて、頼りなくも聞こえたが、少なくとも嘘《うそ》やごまかしの形跡はなかった。そして、

「うちの蔵本を気にかけてくれてありがとう。受験前の大事な時期に、心配をかけてしまってごめんなさい」

その言葉もきっと本音なんだろう。真摯《しんし》であることは信じられた。うちの担任は俺の

背中をぽんと叩き、「いいとこあんじゃん濱田ー」と笑いかけてくれた。

下駄箱へ向かって歩き出しながら、単純な俺は、叩かれた背中に温かいパワーがほのかに灯《とも》るのを感じていた。それはたとえば自尊心とか、誇りとか、そういう類《たぐい》の名前で呼ばれるパワーだ。俺が背中を丸めないで歩いていくためには、結構助けになる力だった。


でも、同じように背中を叩かれて、爆発しちゃう奴もいる。

体育館でうずくまっていた背中の小ささを思い出す。あの子の孤独な背中に、こんなふうにパワーを灯してやることは誰にもできないのだろうか。

一年生の下駄箱の方から笑い声が聞こえた。女子のグループが靴を履きかえているところだった。簀子《すのこ》の上に転がる誰かの片方の上履きを、無視するように跨《また》ぎ越えて外に出ていく。

嫌な予感がした。小走りに一年生の下駄箱に近づき、その上履きを拾い上げると、やっぱり蔵本玻璃と書いてあった。左右はばらばらになって、もう片方は傘立ての手前に転がっている。誰かが意図的に投げるか蹴るかしなければこうはならないだろう。

それも拾い上げて、ついてしまった埃《ほこり》を手で払う。

A組の下駄箱で、靴も上履きも入っていないのは一か所しかなかった。蔵本玻璃の名前がシールで貼ってあるが、字の上を尖ったもので擦《こす》ったみたいに削り取られて汚されている。

上履きを両足きちっと揃《そろ》え、そこにそっと納めてやった。投げつけられたあどけない悪意の礫《つぶて》を、これでもう一つ、弾《はじ》いてやれたと思う。思うが。

こんなの自己満足に過ぎないのかもしれない。誰かに言われたとおり、ただのヒーロー気取りかもしれない。蔵本玻璃がこんな俺を見たら、またやばさ全開で絶叫するのかもしれない。

3

蔵本玻璃と出会った月曜日から、火曜、水曜、木曜、金曜と、日々はどんどん過ぎていった。

そして今日は半ドンの土曜日。ほとんどの生徒はとっとと帰ったか、部活か委員で昼飯か。下校のラッシュは終わったらしく、下駄箱《げたばこ》付近には俺たちしかいない。

「結局おまえにできるのは下足番だったか……ガムいる？」

包みを剝《む》いたガムを自分の口に放り込みながら田丸が言う。

「そういうわけじゃねえけど、くれ」

「あいよ。ていうか、本当に下足番ならすでに失格だよな」

「履物の番はできてないからな」

「精進したまえ清澄くん、それっ」

まるで調教師が動物にご褒美《ほうび》のエサをやるように、田丸は粒ガムを俺に投げてきた。

手でキャッチしてありがたくいただく。

あの月曜日以来、帰り際《ぎわ》にこうやって一年生の下駄箱付近をうろつき、その辺に散らかされている蔵本玻璃の上履きを探すのが俺の日課となっていた。

しかし今日の散らかされ方は、これまでで一番の上級編。片方はゴミ箱に突っ込まれていたのを発見して回収できたが、もう片方がなかなか見つからない。せっかく早く帰れる土曜日だというのに、かれこれ二十分以上も田丸を上履き捜索に付き合わせていた。

今日は久しぶりに、駅ビルに寄ってハンバーガーでも食おうかという話になっていたのだ。受験生にもたまの息抜きは必要だろう。なのになかなか学校を出られず、貴重な時間をこんなところで無駄遣いさせてしまい、田丸にはそろそろ本格的に申し訳なくなりつつある。

早く見つけなければと内心焦《あせ》っていると、

「あっ！　あれじゃねえの？」

田丸が声を上げた。指さす方向を見やると、随分遠く、来客用のスリッパを並べてある棚の上に上履きが載っているのが見えた。あーあ、とその距離に嘆息してしまう。

「あんなとこまでいってたのかよ……」

取りに行き、やっと回収することができた。両足分をきちっと揃《そろ》えて、もうすっかり位置を覚えてしまった蔵本玻璃の下駄箱にまっすぐ奥まで差し入れてやる。

「よし、と。悪い、待たせたな」

「いいよいこーぜ、めっちゃ腹減った。しかし清澄、おまえ毎日こんなことしてたのかよ。最近一緒に帰ってなかったし、知らなかったわ」

「別に頼まれたわけじゃねえけど。なんか気になって」

「つか、毎日ねえ……」

「おお、毎日だよ。毎日やられてる」

田丸と並んで放課後の校舎を後にして、校門までの道を自然と早足で歩きだす。まだ昼なのに空は不穏に暗く、コートを着ていても身が竦《すく》むほど風が冷たい。びゅうびゅう吹き付ける寒風に髪を乱されるたび、うー、とか、あー、とか、お互い情けない悲鳴が出てしまう。寒さのせいで口の中のガムも硬い。

「しっかし連中、よく飽きねえよなあ。高校生にもなってさあ、女子の上履きいたずらするより楽しいこと他にあんだろって」

「なあ。ほんっと、そのエネルギーをもっとマシなことに使えって言いてえよ。ていうか俺も向こうにそう思われてんだろうけど」

なはは！　と田丸がおもしろそうに笑う。

「そりゃもうなにしろおまえ、『ヒマセン』呼ばわりだからな」

そう。そうらしい。さっき教室で帰り支度をしている俺たちのところに綺麗《きれい》な髪をサラサラ揺らしながら尾崎がやって来て、教えてくれた。

「情報」

「え？」

「妹」

「ああ、尾崎の妹？」

「おまえ」

「俺？」

「一年の間で」

「だからさ……前も言ったけど頼むからもっと、一度に喋《しゃべ》る情報量を多めに話してくれないか」

「おまえ。あだ名。ヒマセンだって。暇な先輩、略してヒマセン。妹情報。超うける。そんだけ。バイバイ～」

……だ、そうだ。

ちなみにこんな尾崎だが、俺なんかよりもずっと成績が良くて、さっさと東京の有名な女子大に推薦入学を決めていたりする。他人置き去りの言語体系を持つ奴《やつ》は人生設計も他人置き去りか。うらやましいことだ。

「ったく、ふざけんじゃねえって。なにがヒマセンだよ。勝手に略してんじゃねえよ。

ていうか俺は全然暇じゃねえよ」

「なあ。ばりばり受験生だっつんだよ」

「しかも崖《がけ》っぷちだっつんだよ」

そりゃ確かに、俺は毎日、蔵本玻璃が下校した後にいたずらされる上履きを回収している。

ついでにこのあいだの火曜日には、彼女の下駄箱の名札シールを手書きで新しく作り直して、頼まれてもいないのに勝手に貼《は》り換えたりもした（いつかの朝の集会で校長が話していた『割れ窓理論』を思い出したのだ。町の風景が治安に関係するとか云々《うんぬん》。あれは校長のネタにしては、珍しくも興味深い話だった）。

そして毎日、昼休みには一年の教室を覗《のぞ》いてもいる（おかげでわかったことは二つある。担任は昼休みにクラスの様子を確かめに行ってくれている。それと蔵本玻璃は昼になにも食っていない）。

そんな俺の姿は、当然たくさんの一年生たちに目撃されていたんだろう。結果、「あの先輩って暇なんだな……」とか思われたんだろう。「じゃあ略してヒマセンだな……」とか。

でも断固、それは誤解だった。はっきり違う。俺は、暇だからそうしているわけではない。むしろ忙しい。寸暇を惜しんで勉強しないといけない。

でも、「そうせずにはいられない」のだ。

ちなみに蔵本玻璃本人には、相変わらず感謝など全然されていない。そんなのはなから期待していないけれど、でも本当に、全然、まったく、完璧《かんぺき》に、もう恐ろしいほど笑えてくるほど！　完膚なきまでに！　されていない。

さすがにこちらもうかつに接触しないように気を使っているからか、出会った時のような爆発を食らうことはなかった。それでも蔵本玻璃は俺の存在に気がつくと、必ずすごい目をして睨《にら》み付けてきた。黒い視線の針を俺に突き刺し、毒でも注入したいようだった。

口がもにゃもにゃ動いている時もあった。

俺を毒視線でピン止めにしたまま、背中を丸めて動きを止めて、なにか言っているようなのだ。声が小さくて言葉を聞き取れたことはないが、聞こえてしまったらむしろやばそうな気がした。文句や悪態の類《たぐい》ならまだしも、呪詛《じゅそ》とか系だとかなり怖い。そもそも蔵本玻璃という人物が本当に日本語が通じる相手なのかどうかすら、俺にはまだ確信がもてていない。

蔵本玻璃はそんな感じ。あの月曜からずっと変わっていない。

誰になにをされても、なにを言われても耐えているのに、むしろ守ろうとしている俺にだけは、そうやって敵意を向けてくる。それを向ける相手は違うだろうに……と、何度同じことを思ったことか。

しかしここまでくると、なぜ、とか、どうして俺ばかり、とか、まともに考えるのも無駄な気がした。俺がこんなふうにしか生きられないのと同じように、蔵本玻璃もあんなふうにしか生きられないのだろう。向こうも向こうで、「そうせずにはいられない」んだろう。

俺の生き方と蔵本玻璃の生き方は、要するに相性が悪いのだ。でもしょうがない。同じサバンナで生きる種類の違う野生動物みたいに、お互いの生き方をお互いのやり方で通すしかない。「草より断然肉っしょ！」とシマウマに語り掛けてどうする、って話だ。ライオンの俺には肉が最高でも、シマウマは草しか食わない。たとえ草がなくても、飢えて死にそうでも、肉は食わない。

そう開き直りつつ、でも実はうっすらと、俺はまさに飢えシマウマに「肉っしょ！」をやらかしているんじゃないか——彼女の生き方の領域を侵犯しているんじゃないか、と思うこともある。一方的で身勝手な俺の都合だけで他人に関係しようと、つまり一年生のあの頃みたいな失敗を、また繰り返そうとしているんじゃないか。

善意だとか正義だとか、それらは通りのいい「言葉のマスク」だ。そういうかっこいいマスクで、俺は俺自身の身の内から聞こえてくる（傲慢《ごうまん》じゃねえ？）というかすかな警告を覆《おお》い隠しているのかもしれない。関わることを拒絶されても今度は傷つかないように、あるいは傷ついた顔を誰にも見られないように、自分を守っているのかもしれない。古今ヒーローにマスクが必要なのは、もしかしてそれが理由なのか。自分の都合で他人の人生に手を出すという一線を、恥ずかしげもなく超えるために、脆《もろ》い生身の素顔を隠すのか。

はー、と自分の白い息で手を拝むように温めながら田丸が言う。

「しっかし今日は本格的に寒いよな。シェイク飲みたいけど、そんなの飲んだら腹が冷えて死んじゃうかな」

女子なら結構かわいい仕草だが、野郎にされると気持ちが悪い。眉間《みけん》にあえて渋くしわを寄せながら呟《つぶや》いてみる。

「おまえの生き方をおまえのやり方で通すしかねえんだよ……多分」

「そう？　なら俺、チョコシェイクのんじゃおー」

「まあ俺は絶対にコーンスープ飲むけどな。受験前の大事な時期だし、己の消化器官と免疫《めんえき》システムにはできるだけ優しくしたいからな。おまえの胃腸に敬礼だ！　見事な散り際であります！」

「……やっぱ俺もコーンスープにするわ」

窓際のテーブル席に陣取って馬鹿《ばか》話をくり広げていると、うちのクラスの連中が五人、

「玄悟と清澄じゃん」「うーす！　なにしてんの？」どやどやと店に入って来た。

受験前のストレスが溜《た》まっているのはみんなも俺らと同じらしい。隣のテーブルもくっつけて合流して、話し始めたらもう止まらない。あいつとあいつが破局したらしいとか、あの曲が何枚売れたとか、今流行《はや》ってる心理ゲームとか、次に脱ぐアイドルは誰だとか。しょうもない話題の花が次々咲いた。毎日同じ教室にいるメンツでも、学校の外で会っているというだけで気分は新鮮だった。楽しい時間は飛ぶように過ぎた。

俺が一年にヒマセン呼ばわりされていることを話すと、女子どもには一際大ウケした。

「なにそれ！　超ひっどくない!?　すげー笑えるけどやっぱむかつく！」

「ていうか今年の一年って超～態度悪いの！　なんなんだろあれ！」

「そそそ！　さっきもうちらのトイレ占領してたの一年だしね！　あ～今ちょっと混んじゃってるんで他いってもらえます～？　とかいってさあ！」

「先輩に使わせないとか、うちらの代ならありえなかったよね!?」

ないないない！　ありえなーい！　と声を合わせて大合唱する女子どもに、「すいません、もうすこしお静かに……」と店員さんが囁《ささや》いて、それがお開きの合図になった。

束《つか》の間《ま》の息抜きのつもりが、ついつい盛り上がり過ぎていたらしい。

ちょっと小さくなって、俺たちは慌《あわ》てて解散した。気付けば集団で随分長く居座ってしまった。

「じゃーな清澄！」

「おーまた明日！　じゃねえや、月曜！」

電車で帰る田丸とも駅前で別れて時計を見た。五時を過ぎ、真冬の空は真っ暗だ。母さんは確か夜勤のはずだし、もう家を出ただろう。

今日は本当に気温が低くて、風も強かった。乾いた寒さに顎《あご》を震わせながら、誰もいない家までの暗い帰り道を一人歩き出す。

ついさっきまで結構な人数で騒いでいたせいか、骨身に沁《し》みるこの寒さのせいか。もともとたいして賑《にぎ》わってもいない通りだが、普段よりもずっと静かに寂しく感じられる。

――こんな夜、あの針だらけの子はどうしてるんだろう。

一人になるともう癖のように、彼女のことを考えてしまう。毛玉タイツの細いふくらはぎや、小さな背中や、俯《うつむ》く後頭部の丸み。まるで見ているかのように、彼女の姿をくっきりと虚空《こくう》に思い描いてしまう。胸の中には語り掛けたい言葉が渦を巻き始める。

（今日は土曜だぞ。くらもとニードル）

夜空は曇って月も星も見えない。声には出さないし、蔵本玻璃はここにはいない。

馴《な》れ馴《な》れしくあだ名で呼んで語り掛けたって、絶叫で拒絶される恐れもない。

（寒くても寂しくても、とにかく明日は日曜だ。誰にもいじめられる心配のない、おまえにとっては救いの休日。楽しく過ごせるといいよな。なにかいいことがあるといいよ

な)

手足がかじかむ寒さの中で、うっすらトイレに行きたくなる。家まで耐えられる気もするが、真正面から冷たい風に吹かれて自信がみるみる削られる。どうしよう。どこか寄るか。寄るとしたら……迷ううち、さっき女子が騒いでいた話題がふと頭の中に蘇《よみがえ》った。態度の悪い一年生たちが『うちらのトイレ』を占領してた、とかなんとか。

女子のいう『うちらのトイレ』とは、駅と学校の中間地点にある市営運動場の屋外トイレのことだ。ここからもそう遠くはない。

使用する人がほとんどいなくて、うちの学校の生徒は代々、あそこを自分たちの専用トイレのようにしている。特に女子たちは長時間籠《こも》ってスカート丈を調節したり、髪をいじったり、化粧をしたり、持参の私服に着替えてそのまま遊びに行く奴もいるらしい。教師の目が届かないのをいいことに便利に使われているのだ。

そこを一年生が占領していて入れなかった、と。

(……三年生を追い出してまで……?)

今さらながら、なにかひっかかる。

あのトイレがうちの学校の連中によく利用されている理由は、立地上の都合よさだけじゃなく、何人もが一斉に身支度できる広さにもある。さすがに女子トイレに入ったことはないが、少なくとも男子トイレはそれぐらい広い。めったなことでは満員になんかならない。

そういえば、蔵本玻璃の上履きは、今日は特に念入りに隠されていた。

ここ数日は担任も気を配っていてくれたし、暇な先輩、つまり俺もクラスを見張っていた。いじめをしている連中は、これまでのようには彼女に悪意をぶつけることができなかったはずだ。そのフラストレーションが溜まっていてもおかしくはない。

家に向かっていた足が動かなくなる。胸騒ぎがする。嫌な想像が黒い雲のように脳裏に湧《わ》き上がる。いやでもまさか、そこまでは。打ち消してまた歩き出そうとするが、でもやっぱり足が止まってしまう。どうしても打ち消し切れない。考えてしまったことを完全に否定することができない。

息をついて、腹を決めた。くるりと方向転換する。帰り道のルートから外れて、予定外の路地を曲がって歩き出す。

（……一応、な。そんなことないと思うけど。あくまで一応、確認ってやつ）

なにも本気で危機感を覚えたわけではない。確信なんかない。ただどうしても、一度可能性を考えてしまったら、気になってしょうがなくなってしまっただけ。こんな不安を抱えたまま帰って、あれこれ想像ばかり膨らんで、夜の勉強にも差し支えたら困る。だからこれは蔵本玻璃のためじゃない。俺のためだ。無用な不安はさっさと払拭《ふっしょく》してしまいたいじゃないか。

しかし早歩きはやがて、かき消せない不安のせいでテンポを上げる心臓の音に急《せ》かされて、自然と全力のダッシュになった。

＊

はあ、はあ、と情けなく喘《あえ》ぐたび、冷えた空気で喉《のど》が痛む。息が切れて苦しい。胸と耳が痛い。

運動場外周の木立ちをローファーで横切って、屋外トイレに辿《たど》り着く。辺りには誰もいない。うちの学校の奴らの姿もない。

真っ暗な中に踏み込んで明かりのスイッチを入れると、白い蛍光灯がパタパタと軽い音を立ててついた。女子トイレの入り口には「清掃中」のコーンが置いてある。

足は決して境界線の内側に踏み込まないまま、女子トイレを覗き込む。やってることは完全に変態、こんな場面を見られたら俺の人生は終わりだ。誰も来るな、俺を見るな、全力で念じながら素早く内部を見回す。当然小便器はなくて、個室がいくつかと、その向かいには洗面台がずらりと並んでいる。

閉まっているドアが奥に一か所あった。一瞬はっとするが、すぐに思い出す。男子トイレにもある、あれはただの掃除用具入れだ。

人の気配はまったくない。芳香剤のにおいが漂う空間は冷たく静まり返っている。俺が来るまでは消灯されて暗闇《くらやみ》だったのだ。それを思えば人がいるわけがなかった。

（だよな。そりゃそうだ）

　頭を引っ込め、納得した。

　俺が想像してしまったような酷《ひど》いこと——たとえば、人目の届かぬトイレで何人もの一年生が蔵本玻璃を取り囲んで殴る蹴《け》る——は、起きていなかった。ガラスの頭蓋骨《ずがいこつ》は砕けていない。以上。ていうかそもそもこんなクソ寒い夜に、こんなところをうろついていたい奴などいるはずがないか。さすがの俺も思い込みが過ぎたらしい。

　ここまで十分ほど全力ダッシュしたせいで胸はまだ苦しくて、ばかだな、と自分の頭を掻《か》いた。体力の消費と身体《からだ》の冷えをただの無駄にはしたくなくて、ついでに男子トイレで用を足す。当初の目的はこれで達した。

　手を洗って外に出ようとし、ちょっと迷う。明かりのスイッチは切った方がいいのだろうか。切ってあったんだしな、と手を伸ばし、最後に何気なくもう一回だけ、女子トイレを覗いた。いやらしい気持ちなどは一切なく、まあ、せっかく来たんだし、と……これもなんかいやらしいな。違くて、そうじゃなくて、ただの最終確認みたいなものだった。また真っ暗になる前に、と。

　でも、

「……？」

なんともいえない違和感があった。

さっき覗いたときは気が急いていたせいか、特になにも思わなかった。女子トイレを覗くという人生終了行為自体に緊張していたというのもある。でも今こうして落ち着いて見ると、床のタイルの半端《はんぱ》な濡《ぬ》れ方は不自然だった。奥の方だけ濡れていて、水溜《みずたま》りになってしまっている。清掃ならもっと全体的に濡れるはずだろう。というか、待て。

(誰も清掃なんかしてないじゃないか)

なのになぜコーンが立ててあったのだろうか。なにかおかしい。

濡れているのは一番奥、掃除用具入れの辺りの床だ。ドアの下から水が流れて広がっている。向かい合う洗面台の下にはバケツが一つ転がっている。

用具入れのドアには、外から小さな南京錠《ナンキンじよう》がかけられていた。多分、文房具屋で買えるようなチープなやつだ。男子トイレにも用具入れはあるが、そんなのはついていない。女子トイレを詰まらせた奴は用具入れからスッポンを取ってきて、自ら問題を解決する。女子はどうだか知らないが、少なくとも男子トイレではそれが不文律。用具入れに鍵《かぎ》がかかっていたことなど今まで一度もない。

(……誰かが勝手に、外から鍵をかけたとか?)

そうして中に誰かを閉じ込めたとか――恐ろしい想像が湧いて、反射的に、

「すいません!」

声を上げていた。

「誰かいますか！」

寒々しい女子トイレに、俺の声はやたらとよく響いた。しかし返事はない。やっぱり誰もいないのか。いや、返事したくてもできないパターンだってあるか。あえて返事しない、というのもあるか。

「すいません！　入ります！」

意を決して女子トイレに踏み込む。本当に誰もいないならそれでいい。バカな俺のただの思い込みであってほしい。閉じ込められている誰かがいて、その人物は死んでいるとか倒れているとかで返事ができない状態にあるとか、そんなの考えすぎであってほしい。そして、その誰かというのが俺の知らない人物ではなくて——それはここに来る前にした想像とかなり近い形だが——なんて、絶対にいやだ。どうか俺の愚かな妄想であってくれ。やめてくれ絶対。願いながら用具入れの前に立ち、

「誰かいるのか⁉　いるなら返事してくれ！」

拳《こぶし》でドアを叩《たた》いた。やっぱり返事はない。

それでも立ち去る決断がなかなかできないのには理由がある。俺は知っているのだ。なにをされても声も出さずに黙って耐えている奴のことを。そいつは決して俺に助けを求めない。そいつのことが頭から離れない。月曜からずっとだ。なぜか俺は、そういう

生き物になってしまった。

　思い切って、南京錠のかけられた金具を力任せに引っ張ってみる。しかしドアがガタガタと軋《きし》むばかりで開かない。ちゃちな錠だが簡単には外れない。仕方なく隣の個室に入り、バッグをフックに引っかけ、ローファーで滑りそうになりながら水洗レバーを蹴って思いっきり跳び上がる。用具入れとの間の壁につかまり、足と膝《ひざ》でその壁を蹴りながら必死の懸垂で身体を引き上げる。低い天井との隙間《すきま》に上体を捻《ね》じ込んで、そして、

「……」

「……」

　叫びそびれたのは、お互い様なのかもしれない。

　まるで鏡のように、俺たちは、同じタイミングで大きく口を開いていた。声を洩《も》らすことはできないまま、喉の奥でひゅっと笛みたいな音を立てて息だけ吸って。

　やめてくれ、という俺の願いは、誰にも聞き届けられなかった。

　蔵本玻璃だった。

　狭い用具入れの隅に身体を押し付けるように立ったまま、蔵本玻璃は、黙って俺を見上げていた。まんま覗き魔現行犯スタイルで、隔壁の上部に挟まったこの俺を。

　生きている。意識もある。でも、

「……な、」

これは俺の声。蔵本玻璃は全身びしょ濡れだった。

真冬のトイレの用具入れで、手袋の両手で濡れた自分の身体を抱いて、音も立てずに身体を激しく震わせている。その顔は恐ろしいほど青ざめて、濡れて束になった髪が頬に貼り付いて、震えのあまりに顎はもう嚙《か》み合わず、色のない唇の間で小さな白い歯だけが光って見える。

「……な、んで……」

これも俺の声。蔵本玻璃は俺を見上げて、白い息を静かに、でも激しく、煙みたいに口許《くちもと》から吐き出し続けている。身体からどんどん逃げていく体温そのものが目に見えているようだった。顎も、肩も、指先も、とにかく全身震え続けて――見合う俺の目と彼女の目と、どっちが大きく見開かれているんだろう。

首を横に振ったのも俺だった。何度も振って、大きく喘いで、そうしてやっと目の前の光景が現実なのだと理解する。

蔵本玻璃。

君はこのクソ寒い土曜の夜に、一体なにをしてるんだよ。頭から全身ずぶ濡れで、明かりも消された闇の中で、一体何時間そうしていたんだよ。そんな目にあわせた犯人は誰だよ。どうして助けを呼ばないんだよ。どうして返事しなかったんだよ。なんでなんだよ。

疑問は渦を巻くばかりで言葉にならない。それこそ絶叫したかった。ああああああああああ！　って、切れてしまいたいのは俺の方だ。

震える蔵本玻璃の足元には小さな鍵が落ちている。ドアにかけられた南京錠の鍵だろう。自分で鍵をかけられるわけがない。誰かが彼女をここに閉じ込めて、外から鍵をかけて、そしてその鍵を中に投げ込んだのだ。で、上からバケツで水をぶっかけた。トイレの出入口には清掃中のコーンを置いて、ご丁寧に消灯までして、真冬にこうして放置した。その結果がどうなるか、本当に考えたんだろうか。考えたわけがないよな。考えたならこんなひどいこと、あんなあどけない顔をしてできるわけがないよな。

蔵本玻璃と同じぐらい激しく震えながら、無理な体勢からとにかく必死に片手を伸ばす。こんなにも手が震えてしまうのは寒いせいじゃない。怖いのだ。一年生たちの悪意もだし、考えなしの愚かさもだし、こんなことになってもまだ助けを呼ぼうとしない蔵本玻璃も怖かった。

「……鍵！　寄越せ！　早く！」

心ならずも若干尾崎みたいになってしまいながら、彼女の頭上に伸ばした手を揺する。俺があの鍵を受け取って、外からドアを開けるしかない。

しかし蔵本玻璃は、俺を見上げて震えたまま動かない。鍵を拾おうとしない。焦《じ》れてさらに伸ばした手が痺《しび》れてくる。

「なにしてんだよ！　そこに落ちてるの、ここを開ける鍵だろ⁉　寄越せ早く！」

それでもまだ、動こうとしない。

「聞いてんのか⁉　寒いんだろ⁉　本気で死んじゃうぞ⁉　うちに帰りたくないのかよ⁉　それとも、」

ずぶ濡れで突っ立って震えたまま、蔵本玻璃は目を見開いている。俺を見ている。

「……そんっなに、俺が嫌なのかよ⁉」

振り絞った声は情けなくひっくり返って、泣いているみたいに戦慄《わなな》いてしまった。みっともないが出てしまった声はもう引っ込められない。

「き、嫌いでも、気に食わねえでもなんでもいいよ！　今はそんな場合じゃねえだろ⁉」

そのとき、蔵本玻璃が俺を見ながら首を左右に振った——振ろうと試みた、のがわかった。震える顎がガクガクと上下してしまうせいで、彼女の頭はふらつく赤べこみたいな動きをしていたが、本人としては真横に振りたいようだった。力が入らないらしい手袋の両手を顎の辺りで握り締め、全身の震えを抑えようとしているのもわかった。そうして薄い肩を激しく上下させ、

「……、……、」

もにゃもにゃもにゃ。口を動かしている。すわ、呪詛か。こんな状況になってもなお、おまえは俺に毒を注入したいのか。

「……ち、……ん、……」

痴漢呼ばわりか。畜生。

「ご……ごみ、……ごみ、です……」

いい加減本気で切れてやろうかと思ったが、

「……ほんとに、ごみのこと、私、……」

トイレの反響が良すぎたせいか、静けさに俺の耳が慣れてきたからか。もしくは俺たち二人の周波数みたいなものが、突然カチッと合ってしまったのか。

蔵本玻璃の「もにゃもにゃもにゃ」の中に、いきなり何か所かまともな日本語を聞き取ることができた。彼女の小さな声で紡《つむ》がれた言葉は、このときから急にまともな意味を為《な》して俺に届き始めた。新しいチャンネルが開いたのだ。

先輩。

蔵本玻璃は、ずっと俺をそう呼んでいた。

そして、違うんです、と言っていた。

——先輩。違うんです。ずっと前から、謝らないといけないと思ってたんです。集会の時、ごみのことです。あの時、私は焦ってしまって、頭がまっしろになって、先輩が声をかけてくれたのも意味がわからなかったんです。なにされるんだろうって……急に触られて、怖くて、だから……。

俺の耳に、彼女の言葉はちゃんと聞こえていた。全部届いていた。

「……だから、あの……」

聞くことに集中していなければ、今にも途絶えてしまいそうな出力弱すぎの音声通信。でも届いている。確かに。

「……ほんとに、あの、ご、」

全身を震わせながら俺を見上げ、蔵本玻璃は必死に言葉を発している。前髪で隠されていないその表情を、ちゃんと見るのも初めてだった。

ゆらゆら揺れて透き通る、大きな大きな黒い瞳《ひとみ》。長い睫毛《まつげ》の縁いっぱいまで溜まった氷の粒みたいな水滴。きっと小さな瞬《まばた》き一つでも、ぽろりと頬に落ちてしまう。だからいつもあんなに一生懸命、目に力を込めて張り詰めていたのか。弱い気持ちを、こぼさないように。鈍い俺にもやっと理解できた。

「……ごめんな、さい……」

蔵本玻璃は目を見開いて、敵意むき出しに俺を睨んでいたんじゃなかった。

涙がこぼれないように、頑張っていただけだった。

そして、口の中で暗い呪詛の言葉を吐いていたのでもない。かすかな声で、なんとか俺に謝ろうとしていた。

私を助けて、と悲鳴を上げるよりも先に、俺に「ごめんなさい」が言いたかったらしい。そしてこんな状況になってなお、それが優先事項らしい。

これが蔵本玻璃という女の子だった。蔵本玻璃は、こういう子だった。

「……そんなの、」

先輩らしくさらっと笑ってやりたかったけど、うまくできない。俺はバカだ。あんなふうに喚《わめ》いたりしないで、もっと早く、小さな声をちゃんと聞こうとしていればよかった。彼女の言葉に周波数を合わせようとしていればよかった。驚かせないようにもっと上手《うま》く歩み寄っていればよかった。そうしたら月曜に出会ってからのこの一週間も、違うふうに過ごせていたかもしれない。もっと全然、違うふうに。

「そんなの、全然、いいって。俺は全然気にしてないから」

「げ、下駄箱の、ラベルも……先輩が……ですよ、ね？」

「もう、いいから」

「……あり、ありがとう、ございます……あれ、私、気づいて……ほんと、すごく、嬉《うれ》し、くて……」

どうしよう。つらい。適切な態度と言葉を返せない。今までよりもずっときつくのしかかる重力に、背骨からへし折られてしまいそうな気がした。

変な子であってほしかったのだ。

俺にとっては、「蔵本玻璃」は、言葉もろくに通じない意味不明なほどやばい奴でいてくれた方がずっと気が楽だった。ぶつけられた悪意すらろくに通じてないのかもしれない、俺を呪《のろ》う謎《なぞ》の生き物。そう思えていた時の方が、胸の痛みはずっとマシだった。

でもこの子は普通の子だ。降り注ぐミサイルの雨が着弾すれば、痛くて涙も出るし血も出る子。

「……本当に、いいから。わかったから」

どうにか頷《うなず》いてみせる。

「とにかく、ここから出ないと。家に帰りたいだろ?」

蔵本玻璃はまた赤べこみたいに、ふらふらガクガク首を横に振る。足元の鍵を拾おうともしない。色のない唇が引き攣《つ》るみたいに震えている。それを見下ろす俺の今の体勢もかなり苦しいが、それでも待つべきかもしれない。彼女が小さな声を発するのを、いつまでも。

「……か、帰れ、ません……」

「どうして?」

「……水。かけられ、たんです」

「みたいだな」

「そ、そのうち、乾くかな、って、思ってたけ、ど……」

震える言葉は、必死に俺に向けられている。途切れ途切れの吐息が時折しゃくりあげるように跳ねて、冷え切った身体の体力の限界を感じさせる。待つとか、そんなに悠長なことを言っている場合じゃないか。

「でも、全然、乾かなくて……」

「そりゃ無理だろ。真冬だぞ。自然になんか乾かないよ」

「でも、乾かないと、うちには、帰れ、ません……こんな、知られたく、ない……」

「親に？　いじめられてるってことを？」

蔵本玻璃は頷いた。

「うちのお父さん、すごい、心配する、んで……お父さんには心配、かけたくない、絶対……」

俺の中にある「同類のこども」にだけ反応するアンテナが、空気中に混じる不安の成分を検知した。

「……お母さんいないのか？」

視線をわずかに揺らし、蔵本玻璃はまた頷いた。ちょっと慌てたように「おばあちゃんはいるんです」と言い足して、「けど、」その後を言い淀《よど》む。

その気持ちがわからないわけがなかった。親が揃ってない。自分のことで心配かけたくない。俺だってそうだ。この俺にそれが理解できないわけがない。

「わかった」

頭で考えるより先に、

「じゃあ、俺がなんとかする」

口がそう動いていた。その言葉に蔵本玻璃は驚いたらしい。

「え？」

俺自身だって驚いた。俺も俺に「え？」とか聞きたい。一体どうするつもりだ？……どうにかするつもりだ。できるのか？……やるしかない。なんとかする。してみせる。だってしたいのだ。できるのかどうかはわからない、でもしてやりたい。どうしても。びびりかける自分に活を入れるように改めてしっかり声を張る。

「する！」

「……で、も……」

「するから。お父さんに心配かけずに家に帰れるように、俺がなにかいい方法を考えるよ。とにかく、その鍵を拾ってくれ。大丈夫だから信じてくれ。早く帰らないと、だってほら、明日はせっかくの日曜だぞ？　楽しい救いの日曜日。さっさとうちに帰って一晩眠って明日を待とう！　明日はきっといいことあるぞ、」

くらもとニードル！

そう呼びかけてしまいそうになって、慌てて言葉を切る。違った。この子には針なんかない。そうじゃなくて、あまりにも脆くて、今にも壊れそうに透き通る、彼女は大切な——

「玻璃《はり》」

大きな瞳が見開かれた。目そのもので息をするように、今、強く瞬《またた》いて光っている。

「綺麗《きれい》な名前だよな。いい名前」

ご両親はきっと、宝物みたいに思って娘に名前をつけたに違いない。この世の美しい宝物、金、銀、瑠璃《るり》、玻璃……綺麗な宝の、蔵本玻璃。

「もしかして、お母さんは『瑠璃』っていう名前？」

「……そうです。え、すごい、なんでわかったんですか……」

「瑠璃も玻璃も照らせば光る、バーイことわざ辞典。トイレに常備しといてよかった」

「トイレでそんなの、読むんです、か……」

「毎朝見開き二ページ」

伸ばした手で「二ページ」を表現、兼ピースしてみせる。

それを見て、初めて彼女が——玻璃が、ふわっと頬を緩めて微笑《ほほえ》んだ。あ、と俺は目を離せなくなった。

凍死しそうに冷えているだろうに、かすかな笑顔は今にも溶けだしそうに柔らかい。しかし花が散るように、それはすぐにかき消えてしまう。もしかしたら母親の不在は、今も玻璃の心に影を落としているのかもしれない。それか、リアルな俺のお通じ待ち姿が具体的にイメージされてしまったか。

とにかく、今の俺にできるのは、このドアの鍵を開けて玻璃を家に帰してやることだけだった。そのためにはどうしたらいい。頭の中で必死に考える。濡れた制服を乾かして、玻璃がこのことを親に知られずに帰るには……

「先輩」

俺を見上げて玻璃が言った。

「私、信じます」

濡れた床にかがんで小さな鍵を拾い上げる。

「……先輩のこと。信じます……」

ガタガタと震えながら、爪先立《つまさきだ》って腕を伸ばし、俺の手にそれを渡してくれる。

受け取って、腹を決めた。どうにかしてみせる。右手で鍵を強く握りしめる。

俺は今、この鍵と一緒に、玻璃の「信頼」を手渡されたのだ。こんなしょうもない俺なんかを、玻璃は信じてくれた。

しかし、

「……ヒマセン、先輩……」

戦慄く声で呼びかけられて、がくっ、とそのまま落ちそうになる。

「違うから……暇じゃねえから！」

4

ずっと自分の体重を支えていたのと冷えのせいで指がうまく動かない。じれったさに舌打ちしながら格闘すること数分、やっと南京錠《ナンキンじょう》を開けることができた。

よろよろしながら玻璃が出てくる。一体何時間閉じ込められていたのか、足取りは危なっかしく、動きは異常にスロー。拝むように震える両手を組み合わせ、顔は「い」の形で凍り付いている。あまりに哀れな姿だった。それに明るいところで見れば被害は思っていたよりもずっと甚大《じんだい》で、

「うわ、早く脱げ！　うわうわ……あーあ！」

水気を含んで色合いが変わってしまったコートはもちろん、その中の制服のブレザーもスカートもタイツも靴もバッグも、頭から髪からとにかく全身、冷たく濡《ぬ》れてしまっていた。絞れば水滴がまだ垂れそうだ。

「……よ、よ、よ、よ……」

「そんな漫画みたいな声で泣いてる場合かよ⁉」

振動するオブジェになっている玻璃の身体《からだ》からずっしり重くなったコートを引き剝《は》がすように脱がせ、ブレザーも脱がせて洗面台に置く。

「……四杯、です……」

「なにが⁉」

俺も急いで自分のコートとブレザーを脱いだ。薄着になった玻璃の肩に着せかけ、

「ほら、とにかく袖《そで》通せ！　前閉めて！」

「み、水……よ、四杯も……じゃあああ、って……上から……」

俺の服に袖だけ通した体勢のまま、玻璃は震えながら虚《うつ》ろな目でぼんやりと天井を見上げている。寒すぎて脳まで凍ったか。

「早く前閉めろって！　ああもう、しっかりしろ！」

しょうがなく、お付の者のようにブレザーとコートのボタンを留めてやる。玻璃は前後左右にゆらゆら揺れながらされるがまま、

「四杯って……し、死んじゃう、四だけに、って……」

もこもこに着ぶくれていく。俺はものすごく焦《あせ》っていた。この寒空にこの濡れ方、この冷え方、この震え方。本気で凍死の線が見えてくる。

「……お、鬼、鬼、だな……とか、思う、一方で……ですね……」

もっとなにか着せて、保温しなければ。そういえばちょうど洗濯に持って帰るところだったジャージがあった。

「……で、でもそれ、水道水、だったん、ですよ……多分、その、そこの……洗面の……で、まだ、助かった、とか、思う私も、いて……」

バッグから引っ張り出し、ジャージの上をマフラーみたいに玻璃の首元に巻きつける。今さら見た目など気にしてはいられない。一瞬迷って、下も結局同じようにぐるぐる巻きつける。もちろんまったく清潔なものではない。持ち帰るのは二か月ぶりだし、しかも運悪くちょうど口許《くちもと》のあたりに股《また》の縫目がぴったりと触れてしまった。巻き直してやる余裕はない。それでも玻璃は文句も言わずに無抵抗のまま、

「……だ、だって、この、ト、トイレ由来の、し、しし、し尿的な、汚い水だったら、その、さすがに……」

ろくでもないことを一生懸命話し続けている。

「しかし結構よく喋《しゃべ》るな!?」

「……」

いきなり押し黙る。着ぶくれてコロコロと丸くなったマトリョーシカの亡霊が、トイレにずーんとそびえ立つ。重厚なシルエットの圧迫感はものすごい。どーん。どすーん。

「だ、黙ってれば黙ってるでまたこええな……いいよ、喋っても……」

「あ、はい……さ、さすがに、それだと、あんまりだな、と……」

「水道水でも充分あんまりだろ」

「……ああ……まあ……ですよね……。でも、あの、一応……ほっ、ほっ、ほっ、仏的なところ、も、あっ、あっ、あっ……て、ですね！」

人間、あんまり冷えすぎるとどもるという現象が起こるらしい。冷えすぎて死ぬ寸前にテンションが上がるというのもあるのだろうか。俺のジャージに顎《あご》を埋めて喋り続ける玻璃を見て不安はいや増す。

「さ、最後の一杯は、お湯、だったんで、すよ！　や、優しさ、かな、と！　まあ、結局、すぐ、冷たくなっ、なっ、なっ……たん、です、けど……」

「ちなみにそれは何時の出来事？」

「えっと、に、二時、ぐらい……です、かな」

紳士が突然現れたが、そこに言及する余裕もない。

「三時間以上前ね。そりゃ優しいこった」

俺の首には外し忘れていたマフラーが残っていた。それも外して、玻璃の濡れた髪を包むように、ぐるんぐるんと巻きつけてやる。後ろでぎゅっと結ぶと「んが」とか言ったが、気にしない。よし、完成！　保温だるまマトリョーシカ。

玻璃のバッグを持ち、濡れたコートとブレザーは肩に引っかけ、自分のバッグも忘れ

ずに持って、

「行くぞ！　すっげえ寒いぞ！　死なないようにがんばれよ！」

「は、はい……がんばり、たい、です……ち、ちなみに、どこへ……」

「プロの手を借りる！」

「ぷ……？」

外に出るなり、真冬の冷たい風が容赦なく吹き付けてきた。踏ん張っていなければ後ろに押し戻されてしまいそうだ。風よけになって玻璃を後ろに従え、小走りにひたすら前進する。歩いて筋肉を動かし続けなければ、二人してこのまま凍って死ぬかもしれない。

真っ暗な夜の木立ちを通って市営運動場の敷地を抜け、ちゃんとついてきてるかと時折背後を振り返って確かめる。風に煽《あお》られてよろよろしながらも、玻璃は俺の後を必死についてきている。

「せ、先輩、は！」

マフラーの覆面の隙間《すきま》から、その目が不思議なほどキラキラと光って見えた。

「ん!?」

「さむく、ないんです、か！」

「おお！　鍛えてるからな！」

もちろん嘘《うそ》だ。ただのやせ我慢。シャツ一枚の下は薄手のTシャツのみで、寒くないわけがない。寒くて寒くて死ぬほど寒くて、痛くてつらくて地獄のようで、さっきからもう震えと鼻水が止まらない。それでも泣き言など言えるわけがない。

「濱田！」

半ばやけくそ気味に声を張り上げる。玻璃の目がぱちくりと瞬《まばた》く。

「俺の名前！　濱田清澄！」

「……ひまだ、きよ、すみ……」

「は！　ま！　だ！」

「はばだ……」

「濱田！」

「はばだ！」

「濱田！　清澄！」

「はばだ！　ひよすび！」

「清澄！　え⁉　そこさっきは言えてたよな⁉」

「す、すいばせん、やら、らんが、はらが、ひゅうれりに、づばっで、ぎで……でんばい！」

「なに⁉　わかんない！」

「はばでんばい！　あど、あど、だんが、ほんろり、ほんろり、あん、やら、」

「わかんない！」

「あ、あいあろーろらい……ま……んあっ！　は、はらがっ！」

「こわい！　こわい！」

なぜかお互いけんか腰、よくわからない言葉を連呼しながらひたすら足を動かす。やがて目的地について、

「ここだ、ほら入れ早く！　おばちゃーん！」

明るい光が透けるガラスの引き戸を開いた。その途端、もわっと暖房の熱気が雲みたいに湧《わ》き上がって、涙が滲《にじ》みそうになる。玻璃は「あばば」とか言いながら、顔を激しく両手でこすっている。

このクリーニング屋のおばちゃんは、小さい頃からの顔なじみだった。母親が俺を連れてこの町に引っ越してきて以来、ずっと世話を焼いてくれている。

「あれ、どうしたの？　あれ!?　どうしたの!?」

前半は俺に向けて。後半は玻璃に向けて。まあそうもなるだろう。保温だるまは一目見るだに衝撃のシルエットだ。

「おばちゃん、あのさ、ちょっと相談。制服の上下とコートって今から超特急でやってもらえるかな？　代金はもちろん払うし」

「今預かったら仕上がりは、一番早くて明日の、えーと、お昼ごろにはできるけど」

「や、クリーニングってわけじゃなくて、乾かすだけ。濡れて困ってんだ、この子。俺の学校の後輩」

「あらまあ。なにか困ってる様子だってのは見てわかったけど……濡れたってどうして？　雨でも降った？」

「いじめられて、水かけられた。上からざばーっと、バケツでなんと四杯も！　それも、きんきんに冷えた真水！」

同情を引こうと、見てきたように言ってみる。

「え！　この寒い日に⁉」

「そう！　しかもそのまま暗闇《くらやみ》に一人ぼっちで何時間も放置されて！」

「ええー！　ひっどい！」

「だろ？　だからとにかく大急ぎで乾かしてやることってできない？　このままじゃ家にも帰れないんだよ」

冷たく濡れた玻璃のコートとブレザーをカウンターに置く。おばちゃんは「あらあらあら！」とか言いながらそれを見て、触って確かめ、哀れな玻璃の姿を見て、背後の作業場の方を見て、

「洗わないでいいなら、うーん……そうね……」

迷いながら、指を二本立ててみせる。「これぐらいかな」二時間ってことだろう。

「どうする？　二時間、待てるか？」

振り返ると、玻璃は激しく首を横に振った。その勢いでマフラーの覆面が外れて、小さな顔が現れる。んっ！　はあ！　と力を入れて鼻をすすり、眉《まゆ》を寄せ、

「無理です……」

泣きそうな目をして俺を見やる。その鼻から二本、透明な鼻水がつつー、と垂れるのを目撃してしまう。カウンターに置いてあった箱ティッシュをそっと渡してやる。

「……は、すいばせん……開通してしまいました……」

玻璃は後ろを向いて、振りかぶるように思いっきり鼻をかむ。暖房でやっと体温が戻ってきたのか、向き直った頬はほのかな桃色に染まっている。散々な目にあってやっと生還するという異常体験のせいか、まるで封印でも解けたみたいに、表情もやたらとよく動くようになった気がする。

「あの、二時間は無理です……七時にはお父さん、うちに帰ってくるので……それまでにうちにいないと、なにやってたんだ、って……怖いんです……すっごく」

蔵本家のお父さんは相当厳しいらしい。おばちゃんに向き直り、

「これで！　どうか！」

一本指を立ててみせる。おばちゃんは時計を確認し、

「うん、じゃあなんとかしてみようか」

力強く頷《うなず》いてくれた。

「それにしても、最近の子は随分こわいことするねえ。おいで、こっちいらっしゃい。とにかく濡れたもの全部もらうわ」

玻璃を手招きして、二人は一旦《いったん》横の扉から店の奥に入っていく。

そのまま数分待たされて、出てきた玻璃は、俺のジャージの上下に俺のブレザーとコートを重ねるという衝撃的にださいスタイルになっていた。申し訳なさそうに頭を下げてくる。

「……すいません、お借りし続けてます……」

「いいよいいよ」

二か月洗ってないジャージだけど着てていいよ、の部分は、俺の胸にだけ秘めておく。大丈夫、最近は汗をかくほど体育も頑張っていない。

玻璃はブラウスとスカート、手袋もおばちゃんに渡したらしい。裸足《はだし》にサンダル履きということは、タイツと靴もか。

「ちなみに直穿《じかば》きではありません……」

「は？」

「ジャージの下……パンツあります……」

「あ、ああ……」

長すぎる袖から指先しか出てない両手には、なぜかインスタントのおしるこを二つ持っている。

「それは？」

「お湯入れて飲みなさい、って、いただいてしまいました……一時間したら制服取りにおいで、って」

「一時間なら大丈夫だよな」

「はい。あと、一分待てと……」

「ん？　一時間じゃなくて？」

「これ、おもちが入っているそうです……すごいですよね」

「あ、おしるこの話ね。じゃあ、俺んちで待とう。おばちゃんありがとう！　おしるこ飲ませて、また後で来ます！」

おばちゃんは、カウンターの向こうで玻璃の濡れた制服を手に持ち、なぜか顔をしかめていた。ちょっとちょっと、と俺だけをもう一度手招いて、玻璃に巻きつけたままで忘れていたマフラーをひょいっと俺の首にかけてくれる。そしてさりげなく顔を寄せてきて、

「あの子、かわいそうよ。ひどいね。学校の先生は知ってるの？」

ひそめた小声で言った。いじめのことを言っているのだと思った。

「知ってる。今日のことも言うよ」

「……あんた、力になってあげなね」

自信を持って、おばちゃんに強く頷き返した。

「そのつもり」

店を出て、玻璃と二人でもう一度寒風の中へ踏み出す。俺の家はここからすぐの、通り沿いに建つ小さな借家だ。


コートを脱ごうとする玻璃に「そのまま着てろ」と声をかけ、居間のこたつに入るように促す。コンセントを挿し、強でスイッチを入れてやって、二階の俺の部屋から電気ヒーターも運んできて、座った玻璃の真後ろにセットする。こっちも強でスイッチオン。早く温かくなれ、と電化製品に念を送る。いけいけ電気、伝われ熱。早く玻璃の身体を温めろ。

「いっそ『狂』ぐらいの目盛が欲しいよな」

「……きょう……？　ぐらいの？　目盛？」

「忘れてくれ。それよりどうだ、あったかい？」

「……あ、はい、段々と……」

マフラーも肩にかけてやり、洗面所からはドライヤーと、母親の靴下を一組拝借してくる。

「うちの親のだけど、履いとけ」

「え、でも、あの、いいんでしょうか……」

「いいよ。裸足のままじゃつらいだろ。髪はこれで乾かせよ。鏡ないけどいい？　タオルとかブラシとかいる？」

「あ、えと、はい、これだけで大丈夫……です。ありがとうございます……」

ドライヤーのコンセントを挿してやると、玻璃は言われたとおりに靴下を履き、こたつに入ったままで素直に髪を乾かし始めた。背中の長い黒髪が熱風で踊っている。よし。

ドライヤーの音を聞きながら、台所で湯を沸かす。おばちゃんが持たせてくれたおしるこの蓋《ふた》をあけて、沸いた湯を中の線まで注ぐ。

「時間見てて」

「え？　あ、……あっ！　お、おしるこですね!?　おもち、ですね!?」

「一分経《た》ったら教えろよ」

「はい！」

溢《こぼ》さないように気を付けながら、湯を入れたカップしるこを二つ、両手に持ってこたつの方へ運ぶ。忘れずに箸《はし》も二膳《ぜん》。

玻璃は髪を乾かすのも忘れ、ドライヤーを片手に摑《つか》んだまま、ものすごい形相で壁の時計を睨《にら》み付けている。秒針の動きを一秒たりとも見逃すまいと、殺し屋みたいな目になっている。一分間、そのツラのままでいるつもりなのだろうか。

「……おい」

「あと、四十秒です！」

「……顔。怖いよ」

「あと、三十秒です！　先輩、用意して下さい！」

「……用意って、こうだろうか……」

箸を手に摑み、紙の蓋に指をかける。玻璃もそうしている。

「十五秒！　カウントダウンします！　十、九、八、七、六、五、四、」

なぜかここからは俺の目を見て、ロパクで（いや、なぜ？）、

「……、……、……、今です！」

ずばっ！　と指さされる。

「お、おう！」

謎《なぞ》の勢いに飲まれ、べらっ！　と紙の蓋を開けた。玻璃も同じタイミングでべらっ！

そして手にした箸でしるこを猛然とかき混ぜようとして、

「ああああっ!?」

片手で口元を押さえながら突然大きく仰《の》け反《ぞ》る。目を剝《む》き、肩をわなわなさせながら紙の蓋のイラストを見て、なにか確認し、再びカップの中を見て、

「せ、先輩！　大変です！　大変なことが、起きてしまいました！」

騒ぎ始める。

「どうした？」

「おもちが……おもちが二つ、入っているんです！　パッケージの写真によれば、一つしか入っていないはずなのに！　これはおかしい！」

「そうかよ」

「ど、どうしたらいいでしょうか!?」

「もち、好きなのか」

「は、はい……正直、とっても……！」

「ならよかったな。降ってきた幸運は素直に受け取っておけ」

「で、でも、こんなの……いいんですかね……!?」

「全然いいだろ。おまえのだよ、二つとも」

「……うわあ……！」

両手で頰を押さえて、玻璃は目を閉じ、そのまま前方に倒れた。おでこがこたつの天板に「ガン！」とか言ってぶつかっているがどうでもいいらしい。もちがダブルの幸運

を、心の底から味わい尽しているらしい。

——まさか、ここまで喜ぶとは思わなかった。

湯を入れる前に、俺の分をなんとなく放り込んでやっただけなのだが。正直、これが今日ここまでで一番のファインプレーだったかもしれない。

「すごい、信じられない、こんなことってあるんだ……わ、あつ！　ああ、どうして、おもち……！」

目をキラキラ輝かせながら、玻璃は餅《もち》を大事そうに前歯で端からかじり、熱々のおしるこをすすっている。そうしながら「おいしい、ああ、おもち、おしるこ、すごい」喋り続けてもいる。食うのと喋るのをどうしても同時進行したいようだ。

（う、うるせえ……！）

一旦チャンネルが合ってしまったら、案外こういう奴《やつ》なのだった。

うるさいというか、よく喋るというか、テンションが上がると一気に騒がしくなるというか。それでいてなんというか、初対面の恐ろしくやばめな印象からは想像できないぐらいに、なんだろう、なんと言えばいいんだろう。自分の中に表現を探す。ええとこの感じは、そう、これは、か——

「おいしいですね、先輩」

（か、かわいい……！）

のだ。

「おお、うまいな」

そう。かわいい。蔵本玻璃はかわいい。

（……って、おい！　びっくりするよな⁉　こいつが、かわいい⁉　信じらんねえ！）

平静を装《よそお》いながら視線だけをそっと玻璃に向ける。玻璃は口を窄《すぼ》めてしるこをすすり、もちゃもちゃともちを食っている。長すぎる袖から指の先だけをわずかに覗《のぞ》かせ、なにやらニヤついてもいる。ふへ、とか言っている。おしるこがうまくて嬉《うれ》しいのだろう。猫みたいに目を細めている。

俺の目には今、蔵本玻璃は、驚くほどかわいい生き物に映っていた。それはもう、とてつもなく。とんでもないレベルで。

ドライヤーのおかげなのか、つやのある黒髪はちょっとふんわりしておでこから立ち上がり、いつもは前髪で暗く隠されている顔がよく見えた。実は小作りに整った、とても綺麗《きれい》な顔立ちをしている。

真っ白な肌に、淡い桃色の頬。細い鼻梁《びりょう》の曲線から続く、小さな唇。大きな黒い瞳《ひとみ》は本当に不思議なぐらい、星か宝石かというぐらい、きらきらぴかぴかと瞬《またた》いている。眼《ま》差《ざ》しがちょっと揺れるだけで、俺の世界まで丸ごと揺らされるような気がする。こんなに目を引く人間がここにいる。同じ地平に存在している。息づいて瞬いて生きている。

その事実に気づいてしまったら、無視するのは多分誰にとっても難しい。すごくたくさんの人間にとって、玻璃はすぐに「特別」になってしまうだろう。俺にとってもそうであるように。

　玻璃がそういう生き物だからこそ、悪意の持ち主に目をつけられてしまったのかもしれない。たくさんいる一年生の中で、他の誰でもなくてこの玻璃が、いじめの標的にされてしまったのかもしれない。

（そんなつまんねえ悪意なんか跳ね返す力がこいつにあればな）

　考えながら、じっと玻璃の顔を見てしまう。

「……あの……？　み、見られてると、少々、食べづらいんですが……」

「いや、髪をそうやって、今みたいにふわっと上げておでこを見せてるといいなって」

「いいな？　とは？」

「かわいいよな、と」

「……」

　がちゃーん。

　まるで死の病の宣告でも受けたかのように、玻璃は突然右手の箸をたつの天板に取り落とした。「おおげさな……」拾ってやってまた握らせる。

「今のがそこまで衝撃的な発言だったかよ」

「……な、そ、だっ……ちょ、えっ、え……？　えっ？」

「ほんと、そう思うよ俺は。いつもそうやってればいいのに。髪、ふわって。絶対その方が似合う」

「……う⁉　え⁉　……あっ、うっ、……えっ⁉」

「んで、あんまり背中丸めて下ばっかり見てないで、しゃきっと前向いてさ」

「は、……は……」

「できるだけ声もはっきり出そうぜ。俺と今、こうやって喋ってるみたいに」

「……は、い……！」

「そうしたらおまえが本当はかわいいし、しかもすごいいい子だし、実は結構おもしろい奴だって、他の連中にも伝わるよ。俺にちゃんと伝わったみたいに」

綺麗で大切で特別な玻璃は、誰も傷つけたりしてはいけない宝物なんだと――絶対に伝わるよ。特別だから汚《よご》したいとか壊したいとか思う奴もいるだろう。でも、特別だから、大事にしたいと思う奴もいる。たとえばこの俺みたいに。そう思う奴を拒まないでくれ。

玻璃を見ると、

「……」

さっそく前髪を暗く垂らして顔を隠し、もっさり重く俯《うつむ》いてこたつ布団《ぶとん》に脳天からめりこみかけている。「だーからさ！」おでこを下から支えて顔を上げさせようとするが、「っ！　っ！　っ！」妙な頑《かたく》なさを急に発揮して、くねくねと身体を捩《よじ》って必死に顔を逸《そ》らそうとする。髪の隙間からちらっと見えた頬は茹蛸《ゆでだこ》さながら、謎なほど真っ赤に染まり、そして、

「ああああぁぁぁ！」

いきなりまた騒ぎ出す。「わあなんだよ！」俺のおしるこを指さして、さらに追加で「あああああああ！」

「だからなんだようるせえな⁉」

「せ、先輩の、先輩の、おもちが入ってない！　あっ⁉　つ、つまり⁉　あぁぁ‼」

「ほんっと、しみじみ、案外うるせえな⁉」

玻璃はいきなりぱくっと口を噤《つぐ》む。俺の顔を覗き込むようにしてじっと見つめてくる。

「な、なに……？」

「トリックが、わかりました」

「トリック？」

「先輩。おもち、私にくれたんですね。そうでしょう」

「……え？　や、知らない……」

「ごまかさないで下さい。実はさっきからひそかにチェックしてたんです。先輩まだお

もち食べてないな、いつ食べるのかな、もしかして最後まで温存する派なのかな、でもそれだと味的に大丈夫かな、ていうかもしかしておもちとか甘い物とかあんまり好きじゃないのかな、って。そしたらこれ！　この事態！　案の定だ！　前からずーっと、ほんとにずーっと、思ってたんですよ！」

「……私におもち、くれないかしらって？」

「そうじゃなくて！」

躍り上がるようにぶるんぶるんと首を振る。

「先輩は！　なんだか！　すごく！　その……」

しかしそこで言葉を切り、膝《ひざ》でいざってこたつから這《は》い出してきた。息を整えながら俺の前にちょんと改まって座り込み、箸も置いて、伸ばした袖の中で両手を小さな握り拳《こぶし》にする。タイミングを計るみたいに何度かそれを振って、やがて、

「……優しい」

噛《か》み締めるように、そう言った。

「私を、守ってくれる。そう、まるで」

静かに一度、長い睫毛《まつげ》を伏せ、

「ヒーローみたい」

上げる。

俺を見る、その玻璃の目。目の中には強い光が命の火そのものみたいに宿っている。それはあまりにもまっすぐ俺に向けられていて、一瞬、わずかに怯《ひる》みかけた。俺は同じまっすぐさで、玻璃を見つめ返せるだろうか。

「でも、どうしてなんですか？　なんで、私なんかを？」

ぐっと腹に力を入れて、何とか持ち堪《こた》える。揺れる心は押し殺す。

「……ヒーローが、ヒーローでいるのに理由がいるか？」

もちろん俺はヒーローなんかじゃない。本当は、二歳年上なだけのガキだ。俺なんかにできるのはせいぜい、上履きを揃《そろ》えてやったり、用具入れの鍵《かぎ》を開けてやるぐらい。この身体を傘のように広げて、降り注ぐすべての悪意の礫《つぶて》から守り抜くなんてことはできない。というか多分、大人になってもできない。誰にもできない。そもそも人間は脆《もろ》すぎる。火にも触れず、水にも長くは潜れず、曲げれば骨が折れ、切れば血が出て、酸素も食い物も必要で、睡眠も必要で、金も必要で、それらがなければ死ぬ。腐る。長くて百年程度の生涯で、自分自身さえ傷をつけずに守ることなんかできないのに、他人に一体なにができるという。

でも今は、玻璃にそんな真実を悟られたくなかった。俺が所詮《しょせん》ただの人間でしかないという事実に、まだ気づかれたくない。まっすぐに向けられる視線を受け止めたい。俺に向けてくれた気持ちに応《こた》えたい。そうせずにはいられない。

「人には決して言うなよ。俺がヒーローだということを」

玻璃は瞳を一際《ひときわ》きらきらと強く輝かせ、大きく、深く頷《うなず》いてみせた。

こたつの上に剝《は》がして置いた、しるこの紙の蓋を手に取る。それをマスクのように顔の前に掲げ、俺は自分の表情を隠す。玻璃のすべてを引き受けられるふりをする。

おどけて必死に覆《おお》い隠す。玻璃のすべてを引き受けられるふりをする。


我ながらばかみたいというかばかそのものだったが、玻璃は両手を胸の前で組み、笑いもせずに真剣に、そんな俺を見つめ続けている。

「おしるこマンさん……」

「……よせ。それはやめろ。なんらかの商標に抵触しそうだ……」

「先輩……は、すごいです。尊敬します」

頰を桃色に上気させ、俺のジャージに俺のブレザーと俺のコートを着て、俺のマフラーを肩にかけて。玻璃の目はもうどこにも逸れない。

「どうしたらそんなふうに強くなれますか」

玻璃は俺なんかを、信じている。

「強くなりたいのか？」

大きく頷いて顔を上げ、しるこのマスクで素顔を隠した俺にまっすぐな眼差しを向けている。

「なりたいです。ほんとは私、ずっと前から、強くなりたかった。私も先輩みたいに強くなって、そして……戦いたいんです」

「おまえをいじめる連中と？」

「いえ」

玻璃はゆっくりとかぶりを振り、片手で自分の頭上をまっすぐに指さした。そして冗談など一ミリも混ざらない目をして、

「UFOを、撃ち落とします」

——そう言った。

くらっ、と眩暈《めまい》に襲われる。返す言葉を見失う。なんだそれ。

「ちょうどいいので、その話、してもいいですか」

「……いや」

「聞いて下さい先輩。UFOはいるんです」

「……いやいや、いや。それは、ちょっと待って」

「でもいるんです」

「待て。ストップだ。なんというか、俺はそういうの、よくわからないというか、あんまり得意では……」

「先輩。いえ、おしるこマンさん。大事な話なんです。私にとっては」

玻璃が俺を見ている。じっと見ている。光る目がまっすぐに俺をまだ見ている。

「……よし！　一旦《いったん》休憩！　しるこの続きを食べよう！　冷めたらもったいないから！　な？」

「あ、はい」

こたつに戻り、しるこの続きに改めてとりかかる。甘くて温かな液体をずーっと吸いながら、どうしよう、とか思う。変な子だと思っていた玻璃は本当はかわいい子だったが。でも結局やっぱり、

（すっげえやばい奴なのかもしれない……）

色々な意味でドキドキが止まらない。さすがにＵＦＯ関係は、どうにかしてやれる自信がない。俺は文系だ。宇宙は遠すぎる。

＊

もちろん作り話というか、想像の話ですよ——玻璃がはっきりとそう前置きしてくれたので、

「ああ！　そっか！　そうだよな……そりゃそうだ」

心の底からほっとした。

「もしかして、本気で言ってると思ったんですか」

「うん。ちょっとな」

「私、そういうこと言いそうに見えるんでしょうか」

「わりとな。なにしろ意外性に富んでるし。今日はびっくりすることばっかりだったし」

「……意外性。びっくり……」

「褒め言葉だよ。おまえはおもしろい奴だって意味」

並んで歩いて、玻璃の口元から白い息がほわほわと上がるのをこっそり見やる。柔らかそうな唇は花のような淡い色。もう寒くはないだろう。よかった。

クリーニング屋のおばちゃんは、約束よりも早く制服を仕上げてくれて、ありがたいことにわざわざうちまで届けてくれた。俺は代金を支払おうとしたが、「いいのいいの！」と、断固としていくら払えばいいのか教えてくれなかった。「そんなのいいから、あんたちゃんと送って行きなさいよ！」そう言って、俺の背中を強く叩《たた》いた。

家を出たのは六時半、すこし前。

自分の制服とコートの姿に無事戻れた玻璃を連れて、俺も自分のコートを着て、二人で歩く夜の道は息も凍りそうに寒い。天気予報ではこれから雨か雪が降ると言っていたが、冷たい風はまだ乾いている。

駅の方は商業ビルや市庁舎もあって栄えているが、この辺りは本当に田舎だ。ぽつぽつと民家、あとはごくたまに飲み屋や商店の看板。放置されて錆《さ》びついた謎のトタン小屋に、だだっぴろいだけの荒れた駐車場。ガソスタ。で、畑。あるいは自家用米の小さな田んぼ。平地の向こうはでかい山、山、山&山……。

市街へ出るバスの路線からも外れていて、歩いている人間はまばらだった。車はそれなりに通っていくが、この県のドライバーはみんな例外なく飛ばす。道にはガードレールなんてろくにないから、こっちは常にひやひやだ。

玻璃の家までは、うちから徒歩で二十分以上かかるだろう。住所を聞いたら、この辺りよりもさらに寂しい方面だった。送らなくていいと玻璃は言ったが、そんなわけにはもちろんいかず、ほぼ無理矢理に一緒に出てきたこの道のりだった。UFOの話を聞くから、と言ったら、玻璃もやっと俺がついてくることを了承してくれた。

「最初に言い出したのは、お父さんです」

手袋の指で前髪を軽くかきあげながら、玻璃は話し始めた。件《くだん》の、UFOのことだ。寒さのせいか横顔の鼻が赤い。

「四年前の冬です。……うちのお母さん、出て行っちゃったんです」

「離婚?」

「正式にどういう関係になっているのか、私にはいまだによくわかりません。今どこに住んでいるのかも」

「行方不明なのかよ」

「お父さんは知っているみたいです。会いに行って、話もしたようです。でも、私は教えてもらえないし、お母さんも会いにきてはくれません。お父さんの話を総合すると、多分ですけど、なんかもう、今は他に……家族が、いるみたいで」

「そっか。こういうとき、子供の身分はかなしいよな」

「はい。……でも、お母さんの気持ちもわかるんですよ。うちのお父さんは厳しくて、いつもお母さんにもひどい言い方をして……色々、ひどいことをしてました。出て行っちゃったのもしょうがないって、今は思うんです。あれじゃ普通に逃げたくもなります」

おまえを残してか、とは、言えなかった。傷を改めて抉《えぐ》る必要はないし、玻璃の家庭の問題に、知り合ったばかりの俺なんかがしゃしゃり出ることもできない。

「でもその時は、なんでなんでって、お母さんどこって、随分騒ぎました。私のこといらなくなっちゃったのかな、私がいいこじゃなかったせいなのかな、って。そうしたらお父さんが言ったんです。『玻璃、ＵＦＯだ』と」

――玻璃、ＵＦＯだ。

見えなくてもＵＦＯはこの空にいるんだ。

お母さんはさらわれてしまった。だからもう会えない。諦《あきら》めろ。ただそれは――

『『おまえのせいじゃない』』

「……」

「……それさ。『おまえ』のせいじゃない、と言われてもっていうか……むしろ『おまえ』のせいだろ！　って、感じじゃねえ？」

「だ、そうです」

困ったように、玻璃は前を向いたまま、横顔の眉《まゆ》をきゅっと寄せた。白い息が何秒か止まるのもわかった。

「……そう、なんですけどね。そうなんですよね。でも、私がそう思ってしまったら、お父さんがかわいそうな気がしてしまうんです」

ゆらゆらと揺れる銀色を秘めた目が俺の表情を窺《うかが》う。

「だから、できれば、今でもそういうふうには思いたくない。だって親子ですから。私にはもう、たった一人の親ですから。もしもいなくなったら、私は一人ぼっちですし。お父さんにとっても、もう私しかいないわけですし」

「おばあさん、いるんじゃなかったっけ」

「……います」

「その人はお父さんの親？」

「いえ。お母さん側のおばあちゃんです」

「そっか。じゃあ、お母さんが出て行って、今は居心地が悪いだろうな」

「なにも言わないですよ」

静かです。すごく。

玻璃は小さくそう言って、そのまま口をつぐんだ。沈黙が続く。不安になってくる。

俺はもしかして、なにか失言をしてしまったのだろうか。玻璃がせっかく大切な話をしてくれていたのに、胸の深いところを開いて見せようとしてくれていたのに、馬鹿《ばか》な俺は台無しにしてしまったのだろうか。新しい傷をつけてしまったんだろうか。

黙ったまましばらく歩き続け、やがて、

「……でも、私のせいじゃない」

玻璃は足を止め、再び口を開いた。

「そしてお父さんのせいでもない。お母さんのせいでもない。あれも。これも。それも。全部、UFOのせいだ」

顎《あご》を上げ、俺の顔をゆっくりと見上げる。風に散らされた長い髪がその頬に触れている。

「それでいい、って思ってたんです。いつの間にか、私は全部、それでいいってことにしてました。いじめられるのも、他のこともです。いろんなこと全部です。私の思い通りにならないことは全部。目には見えないし手も届かない、あるって言っても誰も信じてくれない、私の空のUFOのせい。だから私にはなんにもできない。どうしようもない。諦めるしかない。……なのに、」

寂しくて深い闇の中で、玻璃の瞳だけがキラキラと強く光っている。

「先輩は、私のUFOを見つけてくれた」

瞬間、なぜかいきなり泣きたくなって、こらえるために笑顔を作った。

「俺が？　いつ？」

「月曜日です。私の目には、そう見えました。突然ヒーローが現れて、UFOからの攻撃に気づいてくれた。そして私を守ってくれてる。私のために戦おうとしてくれてる。私の味方を、してくれてる。先輩がずっと私のことを気にしてくれてたの、知ってますよ。衝撃でした。ほんと、こんなことがあるんだ、って。こんな人がいてくれたんだ、って。あの月曜日から、私の世界は、ぐるん！　と回ってしまったんです。なにもかも、まるごと全部、どこもかしこも変わってしまいました」

「……たいしたこと、してないと思うけど」

「いえ。してくれました。してくれてます。私、思ったんです。ていうか、気付いちゃったんです。そうか、戦ってもいいんだ、って。もしも『あれ』を本当に撃ち落とせたら、私は自由になれるんだ、って」

母親の不在や、いじめてくる連中、それにもしかしたら父親の厳しさも。『あれ』と呼ばれる、玻璃の空に浮かぶＵＦＯ――それは玻璃を苦しめ、傷つけるものばかり。

「先輩が……ヒーローが、教えてくれたんですよ」

玻璃の目。まっすぐに俺を見る、二つの強く光る目。

俺は確かに、今、ＵＦＯを撃ち落としたいと思っている。そんなものはすべて、玻璃の空からなくしてしまいたい。そのためにならなんだってしたい。

「先輩。『あれ』は、今も空から私を捕まえるネットを垂らしているんです」

「……シュールだな。投網《とあみ》かよ」

「投網ですよ。私の身体は捕えられて、全然、自由じゃないんです。動けない。逃げられない。声も出せない。いやなのに……諦めるしかないと思ってました。耐えるしかないって。先輩と出会うまでは。私も、先輩みたいになりたい。なれますかね」

「どうだろうな」

「強くなって、ＵＦＯを撃ち落としたいんです。どうしたらなれますか。なにをすればいいんですか。やっぱりまずは身体を鍛えるとかですか」

「大事なのは気持ちの方だ。ヒーローは、自分の気持ちでなるものだから」

「気持ちでなる、とは？」

「……ヒーローでありたいと強く願って、己を変える、ってこと」

「己を変える……あ！　それってつまり、変身、ですね⁉」

「そう。変身」

星が光る夜空の下、目には見えないＵＦＯの下。俺は強く声を出しながら、自分自身にも言い聞かせる。

「強くなれよ、玻璃。俺ももっと強くなるから。願って、信じて、変身するんだ」

「はい！」

これは玻璃との、そして俺自身との約束だった。俺なんかのことをこんなにもまっすぐ信じている玻璃のために、俺は変身してみせる。玻璃が信じる俺になる。俺は本当に、ヒーローになってみせる。

「いいか。ヒーローは、決して悪の敵を見逃さない」

玻璃は頷き、「ヒーローは決して悪の敵を見逃さない」繰り返す。

「ヒーローは、自分のためには戦わない」

「ヒーローは自分のためには戦わない」

「そして、ヒーローは負けない。絶対に」

「ヒーローは負けない。絶対」

「――それが、ヒーローだ。強いっていうのは、きっとそういうことだ」

「先輩が言うなら絶対そうです！　忘れません、今聞いたこと。私も守ります」

真剣な顔をして、玻璃は手袋の両手を胸の前で誓いを立てるように握りしめた。

「じゃあそろそろ、行きますね」

俺たちがいるのは、人気のない住宅街を過ぎて、さらに寂しい畑ばかりの狭い道の十字路だった。玻璃の背後は雑木林と小さな沼地で、夜の空に一際黒く、木々の影の闇色《やみいろ》がこんもりと大きく見えている。玻璃の家はあの辺なのだろうか。あんなになにもないところに、よく家など建てたなと思った。

「俺も一緒にいくよ」

「ここからは一人で大丈夫です。もう、お父さんが帰ってきますから」

「家の前までついてく」

「いえ。だめです」

頑なに首を横に振る玻璃を見て、男と一緒に帰るのも、厳しい父親にはNGなのかもしれないと思った。

「じゃあ、これ」

せめて、と一応持ってきていた折り畳み傘を差し出したが、玻璃は受け取らなかった。

「降ってないですよ」

「これから降るかもしれない」

「大丈夫です。走りますから」

玻璃はもう一度俺の方を見て、「今日は本当に、どうもありがとうございました！」

ても、
と頭を下げた。それで本当に一人で帰っていくつもりらしい彼女に、俺は最後、どうし
「……玻璃！」

「はい？」

「こうやるんだよ！」

どうしても。どうしても。なにをしてでも。

「……変、身っ！　とう！」

笑って欲しかった。

あの凍りそうな女子トイレで一瞬だけ見た笑顔を、もう一度この目で見たかった。どうしても見てから別れたかった。だから足を開いて重心を下げ、大きく腕を回し、

「ヒーロー、見参！」

びしっ！　片膝《かたひざ》を落として、ポーズを決める。

ばかな俺の姿を見て、どうか笑ってくれ。心の底からそう願う。

「……先輩」

玻璃は振り返ったポーズで足を止めた。

「おしるこのマスクは、なくても……？」

「ああ。すでにパワーは腹に納めたからな。やがて毛穴から成分が噴き出して、俺の顔

を自動的にしるこパッケージで覆うだろう！」

「そんなシステム⁉」

耐えきれなくなったように、「あははははっ！」無邪気な声でやっと笑ってくれる。ふにゃふにゃになった頬が丸くかわいく光っている。

俺はいつまでもその顔を見ていたかった。もっとその声を聞いていたかった。ずっと笑っていてほしかった。生涯、いや、永遠でもよかった。

「おやすみなさい！」

だけど玻璃はくるりと身を翻《ひるがえ》し、まっ黒い闇のかたまりに見える夜の影の方へと駆け出していってしまった。

その夜が更《ふ》けてから、みぞれまじりの冷たい雨が降った。一時は随分酷《ひど》く降ったが、俺が知らないうちに止《や》んだ。


翌、日曜日。

朝から自分の部屋で勉強していると、曇った窓の向こうに人影が見えた気がした。車道を挟んだ通りの向かい側。

まさか玻璃？　そう思って立ち上がり、窓を開けた。人影はもう消えていた。

本当に玻璃だったのかどうかはわからない。でも、もしもそうなら、いいことがあったのは俺の方だなと思った。

心を占め始めているたった一人の女の子の姿が、一瞬だけでも現実に現れてくれたなら。

そうなら、それは、俺にとっては素晴らしい大ラッキー。

5

こんなに学校が楽しみな月曜日なんてなかった。

驚異的目覚めの良さで飛び起きて、淀《よど》みない動作で洗顔歯磨きトイレ朝食身支度すべてを素早く完了。コートを着て、荷物を持つ。テレビで時間を確認するといつもより三十分以上早い。天気もいい。なにもかもいい感じ。

「いってきます！」

家を出ようとした俺の首に、

「待った清澄！　忘れ物！」

母さんは「ほいっ」と投げ縄みたいにマフラーを引っかけてくれた。「サンキュー！」

改めて勢いをつけて外に飛び出そうとしたが、母さんの笑顔は変に粘っこい。あまりにもねっとり気持ち悪くて、つい、ドアノブを掴《つか》んだまま振り返ってしまう。

「……な、なに？」

「え？　なんでも？　いってらっしゃーい！」

勾玉型《まがたま》の目も気持ち悪い。そんな目は抜作先生しかしない。あれは漫画だ、あっさり次元の壁を超えてんじゃねえ。

「……なんだよその目は」

「いやあ、ただね」

「ただ、なに！」

「待ち伏せ、するんだなあ～って。登校前に、渡すつもりなんだなあ～って。へっへ！」

「……なにか問題が⁉」

「な～んにも？　ただ、へえ～、そお～、って。あんたが女の子と登校するなんて、考えてみりゃ小学校の集団登校以来じゃん。これってもしかして結構大事件なのかな～って。あ、写真撮る？　ちょうど朝の光がばあーって後光みたい、今あんたかっこいいわ。カメラカメラ」

「うっせえ！　撮んなンなもん！　いってくる！」

母さんのいやらしい思考の地平線から重力ごと振り切るようにテイクオフ。玄関を蹴《け》ってようやく外に飛び出す。黄色い冬の朝日が斜めに照らす道を歩き出しながら、せっかくの勢いが少々削《そ》がれたのを感じる。いちいちうるさいんだよ、本当に。デリカシーなさすぎ。男心の繊細さってやつがわからないのだろうか。息子にも人格があるってことにはいつ気づく。そんなんだから再婚の話とかもねえんだよ。

おとといのことを全部母さんにしゃべったのは、クリーニング屋のおばちゃんだった。あの一件では本当に良くしてもらったから、決して悪くは言いたくないが……なにしてくれる、と、思わなくもない。

昨日の夜、おばちゃんは夕飯も終わった頃にわが家へやってきた。おはぎを作って、うちにも届けてくれたのだ。お彼岸でもないのに随分多いおすそ分けだなと思ったら、「明日、あの女の子にも分けてあげてね。今作ったところだし、涼しい場所に置くように」とのことだった。

なにも知らない母さんとしては、当然「あの女の子って誰よ?」という話になる。別に隠すつもりもなかったが、当事者の俺を差し置いておばちゃんはもう喋《しゃべ》る喋る。くそ寒いのにうちの玄関の上がり框《かまち》に座り込んで、「それが土曜日にね、清澄が急にかわいい女の子連れて来たのよ。で、『この子の制服乾かしてくれ』っていうの。なにかと思ったらいじめられたんだって。もうあたしね、その子みてたらかわいそうでかわいそうで。びしょ濡《ぬ》れなのよこの季節に。で、手足、背中、あっちこっち痣《あざ》ができてるし、なんてひどいことするんだろうね今の子はって、もう涙出て来てさ、なにかしてあげたくて」……で。

おはぎ。

ご老人に特有の、甘い物万能思考炸裂《さくれつ》。

その後の母さんのうざったさはさておき、とりあえず、ありがたい気遣いではあった。

玻璃はおはぎが好きだろう。インスタントしるこのもちごときであれだけ大騒ぎできる奴《やつ》なのだ。おはぎイコールあんこプラスもち米。イコール、玻璃の大好物。いくら数学が苦手な俺でも、この程度の方程式は解ける。

問題は渡し方だった。かの間抜けな「ヒマセン」が一年生の教室に堂々やってきて、親しげなツラで馴《な》れ馴《な》れしく玻璃におはぎなぞ手渡したら、よくない意味で注目を浴びるのは間違いない。新しいいじめのネタを提供するわけにはいかない。

だから登校する途中で捕まえて、教室に入る前に渡してやろうと思ったのだ。まあ、母さんに見透かされたとおり。今から俺は、蔵本玻璃を待ち伏せします。

玻璃の家がどの辺かはもう知っている。登下校のルートもだいたい見当がついたので、必ず通るであろう地点でしばらく待ってみるつもりだった。

(……待ち伏せなんて、俺は気持ち悪いか？)

学校へ続く通りと駅へ続く通りの交差点。朝日が眩《まぶ》しくて目の上に手をかざしながら、ガードレールに腰かける。不安はすこし……いや、そこそこ。

(ちょっと一緒にしるこ飲んだぐらいでいきなり馴れ馴れしい勘違い野郎！　きっし

ょ！　とか、思われたりしないよな？）

落ち着かない気分で尻《しり》をもぞもぞ動かす。

あの土曜日の出来事を通して、俺と玻璃との間には特別な絆《きずな》が結ばれた――と、俺は勝手に思っている。俺の一方的な思い込みなんかじゃないはず。日曜を挟んでも、なにもなかったことにはなってないはず。そう信じたかった、が。

通りにはうちの学校の連中の姿が少しずつ増えてきた。クラスの奴も俺に気づいて、「おう！」と手を振ってくる。

「清澄にしては珍しくはえーじゃん、おはよ！」

「うーっす」

「行かねえの？　玄悟でも待ってんの？」

「いや、ちょっとな」

「あ、わかった。あの一年のいじめられっこのこと待ってるんだろ」

「……」

ぐうの音も出ない。どうしてこんなにあっさりと正解が出る。

「いいじゃん、がんばれよ。あーあ、俺が中学んときにもおまえみたいな奴がいたら、もっとマシだっただろーな」

じゃあおっさき！　と、笑顔で先に行く奴の背中を思わずしばし見送ってしまう。俺の行動は、そんなにもわかりやすいんだろうか。

　やがてあっちこっちから、「おはよう！」「おーっす」と呼び交わす声が聞こえてくる。髪の長い女子が通りの向こうからやって来るたびに、妙にどぎまぎしてしまう。手の中のおはぎのタッパを取り落としかけもする。高三にもなったって、女慣れしてない奴なんか結局こんなもんだ。

（あーあ、なんかだっせえな俺って）

「……」

（なにやってもいちいち重いっていうか、意識しすぎっていうか。男相手なら普通に振る舞えるのに。こんなだからモテないんだよな。いや、モテないのは顔のせいか？）

「……、……」

（違うよな。そこまではっきり『かっこ悪い』わけじゃないよな、俺。父さんの昔の写真見ると、顔はかなり似てんだよ。コピーかってぐらい）

「……、……、……」

（つまり、この顔は結婚できるレベル、というのは証明済みではある。……つってもなあ。相手は所詮《しょせん》母さんだからな。こう言っちゃ悪いけど）

「……、……す、……た……」

（ん？）

空気に混じるかすかな雑音を、耳の後ろあたりにそわっと感じた。振り返って、

「おお!?」

驚いた。すぐ背後に玻璃が立っていた。背筋が伸びた勢いで、尻がガードレールからずり落ちそうになる。

玻璃はいきなり近距離にいて、俺をじっと見つめながら、口をもにゃもにゃさせている。慌《あわ》てて耳を澄ます。

「……で、……すし。……から。……風邪とか……引きませんでしたか……?」

チャンネルが合った。

「お、おお、風邪は引いてないけど、いつからそこに!?　すげえびっくりしたぞ!」

「……え、あの……」

靴の爪先《つまさき》をきちんと揃《そろ》えて立ち、玻璃は小動物みたいに落ち着きなく首を傾《かし》げる。

「け、結構前から、お話ししてたつもりだったんですけど……あれ。おかしいな……聞こえてなかったんでしょうか……」

「聞こえてない聞こえてない全然。なんにも」

「……つまり、私はずっと独り言を……?」

「そうだよ。声、もっと出してくれよ」

「あ、はい……じゃあ、もう一回……お、おはようございます、先輩」

「おはよう、ていうか」

今日の玻璃の雰囲気がこれまでと違うことには、とっくに気が付いていた。改めてまじまじと全身を見てしまう。まず目についた変化は、

「髪が」

「……はい。わかりましたか」

玻璃は手袋をはめた手で、すこし恥ずかしそうにいつもと違う前髪を触る。でも違うのは髪だけじゃない。

今朝の玻璃は、妙に雰囲気が明るいのだ。朝の陽射《ひざ》しに照らされて、やたらと眩しく輝いている。

先週までの、漆黒の影のベールを頭からひっかぶったような陰気な女子はどこへやら。今日は頬もおでこもぴかぴかに光って、髪もつやつや。それでいてふんわり。前髪は顔のまわりでゆるい曲線を描き、綺麗《きれい》に胸の下まで落ちている。揃えた靴の先も、照れたように小さく窄《すぼ》められた唇も、長い睫毛《まつげ》も、二つの瞳《ひとみ》も、すべてが磨き抜かれたように発光している。きらきらときらめいている。玻璃が放つ光の強さに、ちょっと息さえ飲んでしまった。

「先輩のアドバイスどおり、髪、ふわっとさせる努力をしてみました……。不器用なので、あんまりうまくできなかったんですけど……」

「いや、いいよ。ちゃんとできてる。やっぱ絶対いい！」

本音しか出なくて、思わず玻璃を指さしながら恥ずかしげもなく言ってしまう。

「確実にかわいい！」

「あ、あり、……あ、」

その瞬間、しゅるしゅるしゅる、と空気が抜けたように玻璃の声はたちまち小さくなり、頬がピンクに染まり、その頬を両手で隠すように包み、

「……ありがとう、ございま、す……」

深く俯《うつむ》いてしまった。

「まーた背中を。丸めるなって」

「……はっ。そうだった」

「ほら、しゃきっと」

「しゃきっ！」

繰り返す言葉通り、胸を張って背中を伸ばし直す。そうするだけで、玻璃はいきなり美少女になる。髪も綺麗で顔立ちも綺麗。クリーニング屋のおばちゃんのおかげで、今まで妙にへろへろにくたびれていた制服も綺麗だし、スカートのプリーツもくっきりしているし、タイツの毛玉もなくなっている。俺の目の前には今、本当に普通の――いや、普通よりもずっとかわいい、高校一年生の女の子が立っていた。

そしてその子は、この俺なんかを嬉《うれ》しそうに見つめている。奇跡としか思えない。

「ところであの、先輩は、なぜそこに？　そんなところに座っていたら、おしり、痛くないですか」

「割れ目に対して直角方向だから大丈夫。クロス！　って感じで」

「そ、そうですか……」

「玻璃のこと待ってたんだよ──」

「え？」

「おはぎ、好き？　おばちゃんが昨日、おまえに食べさせたいって届けてくれたから持って来た」

「……あ、す、好きです！　とっても！」

「ああ、やっぱり。よかった、だと思った。昼に食えよ。手作りだから、傷《いた》まないように涼しいところに置けって」

「はい！　うわ、どうしよう、すっごい嬉しいです！　ありがとうございます！　おはぎ、久しぶりです！　大好きなんです！」

タッパを両手で恭《うやうや》しく受け取って、玻璃は「うわ、うわ」とまだ小さく膝《ひざ》でバウンドしている。本当に嬉しいらしい。この無邪気に弾む玻璃の姿を、おばちゃんにも見せられたらよかった。おばちゃん、すっげえ喜んでるよ。

「じゃあ行くか」

「え!? どこにですか!?」

「いや、学校に」

「……そ、そうでした。いけない。おはぎだおはぎだ！ とか思ったら、他のことはなにもかも忘れ果てそうに……」

「そんなに好きなのかよ」

「そんなに好きです……」

「じゃあ、おはぎもおまえに食われりゃ本望だな。成仏《じょうぶつ》もスムーズだろう」

「……おはぎにも、死後の魂があるんでしょうか」

「あるんじゃねえ？ 八百万《やおよろず》の神っていうだろ」

「じゃあ、もち米の魂と、小豆の魂と、あと砂糖きびの魂の連合体ですね」

「あ、なんかすげえ弱そう」

「いえ、先輩。もち米は結構やるかもしれません。なにしろ主食ですから」

「だが所詮はもち米だぞ。うるち米とは場数が違うな」

「米は米ですし。なにより粘りの強度では上回ります」

「ああ、粘りねえ。でんぷんの質の差かな」

「はい。でんぷんにも五分の魂です。それに豆系も侮《あなど》れないですよ。だって栄養価的には……」

しょうもないことを喋りながら歩く俺たちを、その時一人の女子が追い抜いていって、

「え？　蔵本？」

驚いたように振り返った。

短く上げたスカートに、綺麗なシルエットのショートボブヘア。一見ちょっときつそうな、でもおしゃれなかわいい子だった。大きな瞳をくるりと動かし、玻璃を見て、俺も見る。

「隣、ヒマセンだ。ってことは、やっぱ蔵本……だ。なんか違うけど。雰囲気」

玻璃が息を飲むのがわかった。全身を硬直させて、そのままぴたりと立ち止まってしまう。

見知らぬ女子はつかつかと歩み寄ってくる。手にはなにか白い物を持っている。まさかあれは凶器？　なにかされるんじゃないかと俺までつい身構えてしまったが、

「これ」

ぐいっと玻璃の目の前に差し出されたのは、眼鏡ケースだった。

「授業中、たまにかけてるじゃん。ないと困るよね」

玻璃はまだ動けないで固まっている。焦《じ》れたのか、女子は玻璃が捧《ささ》げ持っているおはぎのタッパの上に眼鏡ケースを載せた。

「土曜さ。うちら、カラオケ。してたの。そしたら、七時ぐらい？　蔵本、閉じ込めたって噂《うわさ》。回って来て」

やや気怠《けだる》そうな低い声と、投げやりなブチ切り言語。こういう自由な話し方をする奴には若干一名おぼえがあったが。

「焦《あせ》って、あのトイレ。行ったんだよ。そしたら誰もいなくて。でもそれ。落ちてた」

「……」

玻璃はなにも反応せず、黙っている。

「あいつら、最低。笑えない。全然」

どうやらこの女子は、玻璃が閉じ込められたという噂を聞いて助けに向かってくれたらしい。意外だった。玻璃にも話が理解できたのだろう。手元に落としていた視線を、おずおずと上げる。そして女子をくわっ、と見つめ、口をもにゃもにゃ動かす。でもそれは全然ちゃんとした声にはならず、見開いた目はまるで彼女を睨《にら》み付けているかのよう。動く口はおぞましい呪詛《じゅそ》か、あるいは悪態でもついているかのよう。敵意を向けているようにしか見えない。俺だって玻璃を知らなければ、そういう態度だと思ったに違いない。

「……ま、いいよ。どうでも。どーせ余計なお世話、だよね」

呆《あき》れ果てたような一瞥《いちべつ》だけを残して、女子は先に行こうとした。恐らくは多少傷ついて、そして玻璃を思いっきり誤解したまま。

　俺はつい、

「待ってくれ！」

　女子の背中に声をかけていた。だるそうに女子が振り返る。あ⁉　んだよヒマセン！　うぜえな！　とか、その目が言っているような気がする。

「ごめん、ちょっとだけ待ってやってくれないか？　玻璃には言いたいことがあるんだ。玻璃、もっとちゃんと言え！　人にちゃんと聞こえる周波数で、ちゃんと聞いてもらえるボリュームで、自分が思ってることを伝えろ！　自分のためじゃなくて相手のために、伝えなきゃいけないって時もあるんだよ！」

　焦りながら、無意識に玻璃の背中を叩《たた》いていた。玻璃はそれに弾《はじ》かれたように、

「あ！」

　鋭く一声上げる。その声のボリュームに自分自身が驚いたようにすぐ口を閉じ、俯き、しかしまた顔を上げた。おはぎのタッパをぐっと胸の前に握りしめたままで何度か顎《あご》をかくかくさせ、そしてやっと、

「……あ……ありが、とう……！」

　大きな声で言った。

　ぽかんと口を開いて、女子は玻璃を見つめる。玻璃がまともに喋り出したことに、相

当びっくりしたらしい。続けろ続けろ、と胸の中で念じる。いいぞ、届いてるぞ。

「た、助かった、よ！　あの、ほんと、あの……ありがとう！　尾崎さん！」

「……えー」

目をぱちぱちさせて、ショートボブの女子はさらさらの髪をかきあげた。

「なに。そういうの、言えるんだ。蔵本って」

こくこくと玻璃が頷《うなず》く。

「ず、ずっと……言いたかった。……ありがとう、と、ごめんね、って……」

その玻璃を見る女子の眼差《まなざ》しが、ほんのすこしだけ優しくなったのが俺にもわかった。

「いーよ別に、もう」

「……め……眼鏡。なくしたって、思ってた……。それに、尾崎さんたちが、私を、さ、探してくれたなんて、思わなかった……全然」

「てかさ。いじめられてんのに、一人でたまり場行くって。ばか？」

「……ど、土曜日だったし、もう誰もいないかな、と……」

「次は、うちら。いるときにしとけ。でもよかったね。脱出できて」

「……先輩が、閉じ込められている私を発見して、助けてくれたんだよ……」

「は!?　まーじ!?　ってかヒマセーン！」

いきなり水を向けられて、「あっおおう」と海獣めいた変な声を出してしまった。女

子は両手の人差指を二丁拳銃《けんじゅう》よろしく俺に向け、

「やっべ！」

ダブルでドーン。片目を閉じて撃つ仕草。意味わからない。なにそれ。

「……ええと、一応、褒めてくれた……のかな？」

「っす」

「……ちなみにその『っす』は、イエス、とか、そうっす、の短縮形？」

「っす。つか。お姉ちゃん」

「だ、誰の？」

「あたしの。いて」

「俺のクラスに？」

「っす」

「やっぱり！　尾崎の妹か！　そうだと思った……！」

「っす。で。言ってて」

「姉ちゃんが？　君に？」

「っす。こないだ」

「なんて？」

「いじめとか。つまんねえ、だせえこと。したら、ぶっ飛ばすって」

「そうか。……あいつも気にしてくれたのか」

「あと、濱田清澄は、暇じゃねえって。やってること、かっこいいって。つか、土曜日の件、やりすぎって思った奴。かなり、いるんで。もうあんなの、やらせないっすよ。うちら」

「そう、それならよかっ……待て！　かっこいい⁉　尾崎が⁉　俺のことを⁉　そこのくだりをもうちょっと詳しく描写してくれ！　え、え、どういうトーンだった⁉　憧《あこが》れを秘めて⁉　それとも夢見るように⁉　もしくは悔しさを隠しきれずに⁉」

「そんだけっす」

ひらりとスカートを翻《ひるがえ》し、尾崎の妹は駆け出して行ってしまった。一度だけ振り返り、「蔵本！　あとでね！」と。

玻璃と二人、通りに取り残されて、

「……ほんっと似てるな、尾崎姉妹……！」

ついしみじみとひとりごちてしまう。あそこのうちはご両親もあんな感じなんだろうか。俺、父。私、母。あたし、姉。あたし、妹。うちら、家族。ていうか、ここ。地球。そんだけ。みたいな。なんかいいな、単純で。

馬鹿《ばか》なことを想像している俺の傍らで、玻璃は静かに、

「……」

桃色の頬を光らせて、上唇だけ前歯の間にちゅっと吸い込むような変な口の形をして、学校へと続く通りの向こうを見つめていた。

「嬉しいんだろ」

言ってやると、こく、と頷く。

「……先輩」

「うん？」

「初めてかもしれません。私、この道を行くのが、怖くない」

俺をキラキラ光る瞳で見上げる。大事な秘密を打ち明けるように、そっと言う。

「ＵＦＯは、空にいます。きっとまた、色々あります。私はきっと今日もいじめられます。でも、見てろ、って思います。その空から見てろ。私は変わるから。せいぜい見てろ、と」

ほんのわずかだが微笑《ほほえ》むように、玻璃の頬が柔らかくゆるんだ。

「そう思えるのは、先輩がここにいるからです」

なにもかもがあまりにも眩しくて、俺にはもう玻璃の顔がよく見えなくなってしまった。その優しい淡い表情を、もちのようなほっぺたを、もっとずっと見ていたかったのに。でも見られなかった。

玻璃はあまりにも強く光っている。本当に輝かしい女の子だった。瞬《また》き、透けて、水気を湛《たた》え、触れるのも怖いほど大切だった。俺なんかが視線を向けるだけでも汚《けが》してしまいそうだった。出会ってすぐから、そして今ではこんなにも、玻璃は特別になっていた。

「……あの、先輩？ 私の声、聞こえてますか」

急に気恥ずかしくなって、やっとのことで頷いてみせる。ばかな話もうまくできなくなって、ぎこちなく米や小豆や砂糖きびの霊性について語り続けながら、学校までの道のりを二人で歩いていく。

変なことばっかり言ってしまった気がして、俺は加速度的に自分を嫌いになっていったが、玻璃は俺の言葉の全部をいちいち真剣に聞いてくれた。小豆より大豆の方が強そうだとか。精製された糖は魂のパワーのいくばくかを失っていそうだとか。我ながらなんなんだよそれ、なに言ってんだよ俺。ばかすぎんだろ。頭をどつきまわしたくなる。この場でゴロゴロ転げまわって呻《うめ》いたり喚《わめ》いたりもしたくなる。

早く学校についてくれ、と思いながら、でも同じぐらいの強さで、まだつかないでくれ、この道もっと長く遠くまで続いてくれ、とも思った。もちろん俺がなにを思おうとも、距離が変わることはなかった。

下駄箱《げたばこ》の前で俺たちは別れた。

「じゃあな。おはぎ、くれぐれも涼しいところに置くように。ロッカーとか」

「はい、そうします。お昼に食べます。ありがとうございます。おはぎを構成するスピリッツ、しっかり成仏させます」

「がんばれよ」

玻璃の上履きはちゃんと所定の位置に納まっている。吉兆に思えた。

こうやって一緒に登校したりするのは、今日限りのことか？　とは、ついぞ聞けないまま、俺は自分の教室へ向かった。


「おっはよう。……なに清澄、それ」

教室に入ってくるなり、田丸はコートを脱ぐのもそこそこに、俺の顔をまじまじと覗《のぞ》き込んでくる。

「おっす、はよ」

「その目つきはなんなんだよ、気持ち悪いな」

まるで出掛けに俺と母さんがやったようなやりとりが、立場を換えて教室で再び演じられる。

「いや、なんでも」

「なんでもないってツラじゃねえぞ。視線の先は……ぴぴ、とな。あら清澄くんてば、尾崎嬢を見ているのね？　まあ、どうして？」

「さあ、なぜだろうな」

「尾崎嬢をじっとりと見つめて、そして……あららのら？　俺にはわかるぞ。今、おまえは『あれ俺の女』ぐらいのあつかましさで、なぜか上から目線でいる……そうだな？　なんだよ、どうしたんだいきなり」

「ふふ……まあ自由に解釈してくれてかまわんよ。俺はなんも言わねえ」

「おーい尾崎ー！　清澄がなんか図々しい気持ちをおまえに抱いているっぽいぞー！」

「あ!?」

振り向いた尾崎が、鬼のような恐ろしい表情で俺を見る。

「んだよ濱田!?」

「なんでもないっすなんでもないっすいませんせん尾崎さん忘れて下さい……田丸！」

左半身で尾崎にぺこぺこ謝りながら、右半身で田丸をどつく。

「いやだっておまえ意味不明だもん、意味わかんねえもん、超変だもん」

あいつ俺のことかっこいいって言ってたらしいの！　とは、たとえ相手が田丸でも、こんな騒がしい教室ではなかなか言えるわけもない。

＊

「あいつ俺のことかっこいいって言ってたらしいの！」

——教室でなければ、まあほぼなんでも言えるのだが。相手は田丸だし。

「うっそ⁉」

昼休み、俺と田丸は二人して図書館棟の飲食エリアの窓辺で弁当を囲んでいた。ここは陽射しがよく当たって温室みたいに暖かく、日向《ひなた》ぼっこには最適の場所だった。新聞も各紙読み放題。スポーツ紙しか読まないが。そしてなによりそれプラス、L字型に向かい合う校舎の一階下にある一年生の教室がよく見える。窓際《まどぎわ》の席に一人で座る玻璃の姿も見えている。

今日は教室までは行かず、こうしてこっそり遠くから見守っているつもりだった。朝、尾崎の妹が玻璃に好意的な態度を示してくれたのを見て、俺がいない方が会話もお互い直にできるし、かえってうまく転がることもあるかもしれないと思ったのだ。世の中そんなに単純じゃないだろうが、単純なこともちょっとぐらいはあるかもしれない。

「でも尾崎、さっきはゴミ虫を見る目でおまえを見ていたよ⁉」

「照れたんじゃねえかな」

「ドあっつかましい……！　つか、一体なんでそんな話に⁉」

「一年生のいじめ問題に介入した件で、かっこいい認定を受けたようだ。尾崎の妹が教えてくれた」

「おほ〜！　まじかよ⁉　え、え、尾崎の妹って、ちなみに」

「かわいい。男いそう」

「ああー……だろうな。なんかわかる」

「蔵本玻璃もかわいいけど」

「うーん……どうだろう。わかんねえ」

幅の広い出窓に田丸と向かい合って座り、窓の枠に背をもたせ、ガラス越しに一年の教室を見やる。頬や腕に当たる光線は強くて熱いぐらいだった。田丸はおにぎりを片手に、もう片手では器用に単語帳をめくり、眩しそうに顔をしかめている。

向かいの校舎にいる玻璃は、相変わらず誰とも喋らないまま、戸口の方を何度か見るような仕草をしていた。首を伸ばしてきょろきょろと、俺を探しているのかもしれない。胸の奥が苦しくなる。でも今日は、こんな感じで頑張ってみてほしい。

「……担任のクラス巡回がなかなか来ないな。いつもならこれぐらいの時間には絶対一回は顔出してくれてたのに」

「忙しいんじゃね？　もうすぐ期末じゃん」

「ああ、そっか。そうだった。……大丈夫かな、玻璃の奴」

「そんなに心配なら、ちらっとだけでも見に行けば？」

「いや。今日は『遠目にこっそり見守るモード』でいようと思ってるから」

「まあ、先週はおまえ、ずっと『間近でがっつり覗きモード』だったしな」

「すげえ、一気に本格的痴漢っぽく……」

「冗談抜きに、おまえだっていつまでも関わっていられるわけじゃないしな。もうすぐ期末、で、俺らが高校で受ける授業は終わり。その後は冬休み。そして受験本番」

「おお、やっべえな」

「やっべえよ。受験の結果で悲喜こもごも、その後はぽつぽつ登校日があって、以上だ。俺たちは卒業！　そんだけ！　一方あの子はまだあと丸二年、おまえのいない学校での生活が続くわけで」

田丸が今言ったことは、もちろんすべて俺にもわかっている。日々のスケジュールは容赦なく先へ先へと進んでいく。でもこうして改めて言葉にされると、ずしっと一気に腹が重たく感じた。

「……なんか、いきなり焦ってくんな。諸々《もろもろ》」

「いまさら焦っても遅いっつうね。あーあ、俺もうだめ。絶対落ちるわ」

「俺もだよ、全然自信ねえ」

「どうせ浪人するなら一緒がいいな。いや、全然よくねえけど……なあ、清澄はまじで東京の大学、どこも受けねえの？　本気で国立一本？」

「その予定」

「でもさあ、ここにいたって仕事ねえし、どうせ就職で上京するなら、大学だって地元にこだわることなくねえ？　選択肢、一気に増えるぞ」

「俺もいろいろ考えたけどさ。でもやっぱ、初志貫徹でいくつもり。うちは二人っきりの母子家庭だし」

「つってもおまえんちのママ、ばりばりナースじゃん。ぶっちゃけ、そこらのリーマン
より給料いいぐらいだろ。そんな金には困ってないっぽくない？」

「長年のハードワークで体ぼろぼろだぞ。余裕があるってほどでもねえし」

「そっか……。ま、たとえ進路がばらばらになったって、俺らはなーんも変わらねえか。

おまえとは、なんか一生こんな感じでだらだら飯食ってそうな気がするわ」

「だよな。俺もそんな気がする。どこにいたって俺らは結局、同じ速度で仲良くおっさ
んになるんだし」

「おっさん同士でつるむ未来も悪くねえな。へい！　おっさん」

「へい！」

田丸がいきなり差し出してきたおにぎりに、俺もブロッコリーを差し出して合わせた。

なんの乾杯だこれは。なにをしているんだか俺たち崖《がけ》っぷち受験生。しばし日向で温ま
りつつ、のんきに笑っていたのだが。

「……あれ？　なんだよあいつら」

一年生の教室の様子が目に入って、俺は思わず窓ガラスに貼《は》りついた。

何人かの連中が、自分の席にいる玻璃を取り囲んでいる。おはぎだー、おいしそー、ちょっとちょうだいー、みたいな和やかな雰囲気ではまったくないのがこの距離からでもわかる。玻璃を見下ろしている連中の顔には、弱いものを集団で嬲《なぶ》るケダモノじみた、嫌な感じの笑いがへばりついている。

「なんかやばそうな感じじゃねえ？」

田丸も身体《からだ》をひねってそれを見て、俺にさらになにか言おうとした。そのときだった。玻璃の机が蹴り上げられて、タッパが跳ねてひっくり返る。玻璃が立ち上がると、その椅子《いす》にも蹴りが入って倒される。

「！」

考えるより早く、弾かれるように駆け出しかけた。でもその拍子、半分ほど食べた弁当箱が膝《ひざ》から転がり落ちる。絨毯《じゅうたん》の床に食べ残しが飛び散り、しまった、と焦るが、

「いいよ行け！」

田丸が一年の教室の方を指さして、強く言う。

「ここは俺が片づけるから早く早く！　行ってやれ清澄！」

「す、すまん！」

「いーから急げ！」

その声に背中を突き飛ばされるように図書館棟から飛び出して、廊下を全力疾走した。

二段飛ばしで階段を駆け下りる。玻璃のクラスの戸口までたどりついて、でも、

「いい加減にしろよ!?」

強い声を張り上げたのは俺ではなかった。響き渡ったのは女子の声だ。

「まじ、うちのクラス！　空気、終わってんじゃん！　ふざっけんなよ！　土曜のことかもさあ！　なにやってんの!?」

尾崎の妹だった。

騒然とした教室の中で、尾崎の妹が顔を真っ赤にして、何人かの連中に対峙《たいじ》している。尾崎の妹の背後には、それに同調するように女子のグループが腕組みをして目つきを鋭くしている。

玻璃は、教室の隅で力なくしゃがみこんでいた。その足元に散乱しているのはおはぎだった。小さな背中を丸めて俯き、もう絶対に食える物ではなくなったおはぎを拾い集めようとしている。あの月曜の集会の後と、玻璃はそっくり同じ形になっている。

戸口の近くにはクラスの奴らがどよめきながら人の壁になっていて、俺の存在には誰も気づいていない。無理矢理中に入ろうとするが、肩が割り込める隙間《すきま》がない。焦《じ》れて背伸びしているうちに、

「え？　こんなのただのギャグだよ？　なに本気になってんの、こえー」

「みんなギャグってわかってるから笑っててんじゃゃん。ていうか尾崎たちだって、今まで

一緒に笑ってたじゃん」

「俺たちはお笑い担当で、人気者の蔵本とともにこのクラスに小さな笑いのひとときを提供してただけだし」

「ていうか今この瞬間、一番やばいのは尾崎、おめえだよ。ただのネタなのにいきなり切れて大騒ぎして。頭おかしいんじゃねえの？　超こわーい」

「っつうかこれって問題ですよ！　いじめ問題！　俺らみんな、今、尾崎にいじめられてるんです！　超かなしいです！　こわいっす！　うえーん独裁者ー！」

「ご自慢のお姉ちゃんにこの問題が及ばないといいよねー。推薦ですっげえお嬢様大学いくんでしょー？　でもその妹はいじめの犯人、いじめ問題の中心人物かー。そんなのが身内でいーのかなー。推薦、大丈夫なのかなー」

尾崎の妹の顔から一瞬、色がなくなるのがここからでも見えた。

ばかなガキども。俺とたった二つしか違わない、恐ろしいほど未熟なガキの群れ。なんにもわからないそいつらは、なんにもわからないことを盾に、それはそれは楽しそうに笑い交わしている。

「うわ〜こえ〜よ〜、うちらいじめんのやめてくださいよ〜尾崎さ〜ん」

ふざけながら互いの耳になにか囁《ささや》く。不穏な速度で頷き合う。

俺は一年生の背中の間に肘《ひじ》でぐいぐい割り込み、必死に前へと進み、「玻璃！」と一声やっと喚いた。でも教室を満たすどよめきにかき消され、誰にも届かない。

にやにやしながら一人の奴が落ちていたおはぎを拾う。

「あ〜まじ、こええっす〜！　いじめやめてくださいよ〜こっち来ないでくださいよ〜！」

立ち竦《すく》んでいる尾崎の妹めがけて、おどけた仕草と表情で、それを振りかぶるのが見えた。

同時に玻璃が、

「……、…………」

素早くなにかを呟《つぶや》きながら立ち上がった。まっ黒な両目をギン！　と思い切り見開いて、この世のすべてを呪《のろ》うかのような凄《すさ》まじい目つきをして、そしていきなり指を一本、自分の頭上に高々と突き上げる。

俺にはわかった。

見てろ、と玻璃は言ったのだ。彼女の空のＵＦＯに。

『見てろ、私は変わるから――』

「それいけ俺らのパトリオットミサイル！　発射！」

けたたましい笑い声とともに投げつけられたおはぎは、いつかの上履きみたいに宙を音もなく飛んだ。そして尾崎の妹の頭に着弾する寸前。玻璃は、飛び込むようにその間合いへ入っていた。

ぐちゃ！　と音を立てて、おはぎは玻璃の肩に命中する。玻璃は衝撃で一瞬だけ目をつぶったが、でもすぐにまっすぐ向き直る。せっかく綺麗になったその制服に、黒くて甘い物体がべっちょりとへばりつき、ゆっくり下に落ちてゆく。

「……じっ、……じ……、じ、……じじじっ、」

かばってくれた人をかばって、汚れてしまって立ったまま、玻璃は数秒の間死にかけたセミのようだった。

「じ……自分のためには……戦わない……！」

でもその声はやがて、意味を為《な》して教室に響く。

「私のことなら、我慢、できる！　けどっ！」

うわ、蔵本がしゃべってる、日本語、と誰かが囁いている。

「こ、ここ、こういうこと、するなら……！　私は、許さ、ない！　からっ！」

背筋を伸ばしてまっすぐ前を向き、語尾をひっくり返しながら大きな声を上げた玻璃に、しかし容赦なく、

「うっせえな知らねえよ！」

続けざまに次々と残りのおはぎが投げつけられた。二つ目、三つ目、四つ目――これで全部だ。タッパに四個入れたのは俺だから知ってる。

「うっ、ぷ……！」

すぐ背後で玻璃が息を飲んだ気配。せ、んぱい、と呻く声。

振り返り、

「――遅くなってすまない」

一応ヒーローらしく、クールに決めたつもりだった。しかしあんこでなにも見えない。俺は玻璃をかばおうと駆け出して、残りの三つを全部、よりにもよって顔面で受けてしまっていた。この手で華麗に叩《たた》き落すか、キャッチして投げ返すかしてやる予定だったのだが。残念だ。

「ていうか……いってえな、案外!? おはぎ、かてえ……！」

顔にねっちょりとへばりつくあんこを指でかきとる。とにかくまず目蓋《まぶた》からかきとって、目を開けられるようになりたい。「先輩！　先輩！」玻璃が泣きそうな声で俺を呼びながら顔を覗き込んでくるのがやっと見えた。アイアンクローみたいな手つきで、顔のあんこをこそげとってくれる。

「だ、大丈夫ですか!?　結構えぐい音が！　おはぎとは思えないほどの音が！　でも一体どうして顔面で!?」

「あえて、だよ。顔は意外と衝撃をソフトに受け止められるんだよ」

「そうなんですか!?」

「ま、どうってことねえ、こんなもん。この程度のこと、俺にとっては日常茶飯事だから」

「日常⁉　茶飯事⁉」

「ああ、ほぼ毎日だよ。羊羹《ようかん》で脳天を殴られたりさ。求肥《ぎゅうひ》で首を絞められたりさ。大福で……」

「だ、大福で⁉」

「指を、折られたりさ……」

「そんな！　どうやってですか⁉　柔らかくないですか⁉」

「真に受けてんじゃねえよ！」

うそだもちろん。なんだそんな日常茶飯事って。俺が和菓子になにをしたという。顔におはぎを投げつけられるなんて、生まれて初めてのびっくり体験だ。おはぎ、全然普通に痛いじゃねえか。見事に鼻のど真ん中、一番高いところにヒットした。しっかり重たい衝撃があった。その構成物に宿りし八百万のスピリッツは全然弱くなんかなかった。

「ひえっ……」

俺を見ながら玻璃はいきなり両手で口を覆《おお》い、仰《の》け反《ぞ》る。

「せ、先輩……あの、た、大変です……！」

「ああそりゃまあ大変だよ！　こちとら顔面におはぎ三つ、現在進行形で乗せてんだから！　でもおまえもその制服、やばいぞ。あーあ、せっかく綺麗にしてもらったばっかりだったのに」

「私の制服どころの話じゃないです……先輩、言いにくいんですが、鼻から……」

「え？」

「血が……」

驚いて自分の鼻の下を触ると、確かに指先に赤い液体がついてくる。

「ああ!?　まじかよ!?」

ヒマセン流血の儀ッ！　とかいきなり嬉《うれ》しそうに騒ぐ奴《やつ》がいて、思わず睨《にら》み付けてしまった。なぜか敬礼で応《こた》えられる。ていうか笑ってんじゃねえっていうか、

「おはぎで流血できるのかよ人間って!?」

いきなり泣きたいほど情けない。「ヒマセンが！　たいへんだ！」尾崎の妹が軽く韻を踏みながらティッシュを一枚渡してくれるが、顔面にもっさりと分厚くおはぎの残骸《ざんがい》をへばりつけながら鼻血を垂らすこの俺に、ティッシュ一枚でなにをしろと？　しかもくしゃくしゃで丸まっているし、

「もっとくれよ!?　ていうかポケットティッシュあるなら丸ごとくれよ！」

「や！　ないっす！」

「じゃあこれはどこから出てきたの!?」

「ポッケっす！」

「使用済みなの!?」

「っす！」

「あああ、中に噛《か》んだガムが……なんでこんなもんくれようと思ったの!?」

「え？　ハート？」

　自分の胸をしたり顔でトントン、とか叩かれても。やだ。わからない最近の子わからない。

　そのとき、田丸がなぜかうちのクラスの担任を連れて教室に入ってくるのが見えた。あんこ越しにだ。担任が俺を見て、ぎょっとしたように眉《まゆ》を跳ね上げる。それもあんこ越しに見た。

「え、濱田？　おもしろいことになってんじゃん……」

「いや、おもしろくはないですよ……」

　尾崎の妹とその友達グループらしい女子たちを筆頭に、うちの担任を取り囲んで「あいつらがおはぎを！」「蔵本のおはぎを！」「おはぎを尾崎に！」「蔵本におはぎが！」「おはぎはヒマセンに！」「おはぎで鼻血に！」「鼻血がおはぎに！」などと喚きたてる。担任は「待って、おはぎどこから出てきた？　ヒマセンってなに？」全然、話が通じていない。

田丸も駆け寄って来て、俺の顔を見て喚く。

「あーあー清澄くんたら、どうしたのこんな顔中あんころもちにして、意外とワイルドな一面が……って、げ!? 鼻血!? なにがおまえをそこまで興奮させたんだよ!? エッロ……！」

「い、いいから早く誰か俺を保健室に連れて行ってくれよ！ あんこが生鉄じょっぱくて気持ち悪い！」

＊

保健室で顔を洗って、鼻には栓をしてもらい、しばらくベッドで休養していくことにした。

おはぎによる鼻血は本当にたいしたことがなかった。洗った顔を拭《ふ》いている時にはすでに止まっていて、実際のところ栓をする必要もなかった。鼻柱を手で触っても、今は痛くもなんともない。そもそも俺の鼻の粘膜は、真冬の空気の乾燥でダメージを受けていたのかもしれない。だからあの程度の衝撃で、簡単に出血してしまったんだろう。

昼休みはとっくに終わっていた。校舎は静まり返っている。グランドに面した窓の方から、体育の授業の掛け声だけがかすかに聞こえてくる。

保健室のベッドは快適すぎた。シーツはサラサラ、布団《ふとん》はふんわり。消毒液臭いことを除けば、俺史上最高の寝心地。今日はいつもより早起きしたし、退屈な現国をさぼって過ごすには結構な極楽かもしれない。ぼーっとしているうちに自然と目が閉じていき、眠ってしまいそうになる。保健の先生は俺の休養届を教員室に届けに行ったきり、まだ戻ってこなかった。

（……玻璃は、どうしたかな……）

おはぎの騒動の後、玻璃のクラスの担任はようやく教室にやってきた。会議が長引いていたらしい。入れ違いに俺は田丸に連れられて保健室に向かったので、あの後、クラスがどうなったのかはわからない。

玻璃はちゃんと、なにが起きたか説明できただろうか。狡猾《こうかつ》で幼いばかものどもに、不利な言い方をされてはいないだろうか。尾崎の妹や、他にもたくさんの目撃者がいるから大丈夫だとは思うが。でもやっぱり、俺も教室に残るべきだっただろうか。あんこと鼻血のマスクをつけた迫力ありすぎの姿のままで。

脳の半分は眠りに落ちながら、残り半分であれこれ考えていると、

「……先輩」

玻璃の声がした、と思った。はっ、と瞬間、いきなり覚醒《かくせい》する。

目を開くと、半ば開いた白いカーテンの向こうから本当に玻璃が俺を見つめていた。

「あの……止まりましたか。鼻血」

漫然と鼻の穴に挿されたままでいたダサすぎる栓を慌《あわ》てて引っこ抜き、手の中に隠す。

「とっくに。全然たいしたことねえよ」

「そうですか。よかった……」

「そっちこそ制服、大丈夫か？　結構べったりいってただろ」

「先生が、一緒に拭いてくれました。そうしたら綺麗《きれい》になりました。もう大丈夫です」

大丈夫です、とかいう返事のわりには、

「すっげえ暗い顔してんな」

やや俯《うつむ》いて、玻璃は眉を寄せ、

「……おはぎ……。……食べられませんでした……」

あまりにも悲しそうに言う。絵に描いたような「沈痛な面持ち」。その暗さに、俺は思わず小さく吹き出してしまった。

「そんなに深刻に思い詰めなくてもいいだろ」

きっと顔を上げ、玻璃は引っ張って伸ばしたブラウスの袖《そで》の中で両手をグーにし、胸の前でぶんぶん小さく上下させる。

「だって！　せっかく先輩が作ってくれたのに！」

「いやいや、俺が作ったんじゃないから」

「はっ！　そ、そうだった……クリーニングのおばさんが作ってくれたのに！」

「まあ残念だったよな。見てたよ、ひっくり返されたの。俺が一緒にいてやればよかった。ごめんな」

「……先輩のせいじゃないです」

「だよな」

俺はベッドに寝そべったまま、天井を人差指でまっすぐ指して見せる。

「UFOのせいだ」

玻璃はそんな俺を見ながらゆっくり瞬《まばた》きして、やがて肩から力を抜いた。小さく頷いて、「すっごく楽しみにしてたんです」と、拗《す》ねた子供のように呟く。本当に残念だったんだろう。ちょっとだけ、頬をふくらませてもいる。

「また作ってくれるよ。そしたらまた持ってくるし。ていうか」

本当に気にかかっていたのは、おはぎのことではなかった。もっと包括的に、UFOに関するあれこれについて。その中には玻璃の家庭の問題も含まれている。

「おまえの親に、今回の話いくって？」

玻璃は首を横に振る。とんでもない、というみたいに大きく。

「先輩こそ、おうちに連絡しなくてもいいんですか。怪我《けが》したのに」

「こんなの怪我のうちには入らねえよ。担任も『おはぎぶつけられて鼻血!?』ってゲラゲラ笑ってたし、うちの母親に言ったところでさらに爆笑されるのがオチ」

それに、いらない心配をかけたくないのは俺もおまえと同じだし——とは言わなかった。

そういえば、玻璃は俺の家族について、なにも聞こうとはしてこなかった。もしかしたら玻璃にも、同類を見分けてしまうアンテナが搭載されているのかもしれない。薄々、うちも片親だとわかっているのかもしれない。

でもこの寂しささえも、玻璃との絆《きずな》にできるなら俺にはラッキー。馬鹿丸出しにおめでたいことを考え、でも、ともう一度。

心配かけたくない、という部分では俺たちの気持ちは同じだが、俺のは「いらない心配」で、玻璃のは「いらなくない心配」なんじゃないだろうか。

玻璃の気持ちがわかるからこそ、俺だってなんでもしてやりたいと思った。濡《ぬ》れた姿で帰れないというなら、乾かせるようにもしてやった。でも、さすがにこんな状況が続くのは問題だろう。玻璃の親にも、玻璃を心配する権利がある。というか義務がある。親なんだから。必要とあらば大人が出張って、子供の世界を調停しなければいけない場面だってあるだろう。

「……やっぱ一回、ちゃんと話さないといけないんじゃねえの？」

「なにをですか」

「なにって、いじめのことに決まってんだろ。お父さんを心配させたくないのはわかるけどさ。なにか大変なことが起きてからじゃ遅いだろ。ちゃんと家と学校と、情報共有しておかないと」

なにか、たいへんな、こと。玻璃は初めて聞いた外国語の発音を確かめるように小さく繰り返す。そして力なく、低い声で言葉を継ぐ。

「話した方が大変なことになりますよ。絶対」

「おまえの担任は本当にそれでいいって？」

「先生は、うちの親と話したいみたいです。でも、大事《おおごと》にしないで、もうちょっとこのまま頑張ってみたいって言ったんです。先輩も私の力になってくれているし、これからは尾崎さんたちも味方になってくれるかもしれない。状況は今、ちょうど変わりつつあるところなんです、って。先生も納得してくれました」

「まあ、確かに変わりつつあるところだとは俺も思うけど」

「殴られたりしたわけでもないですし。私は実際には怪我をしたこともないんです。このまま収束すれば、それが一番いいんです」

その瞬間、なにか違和感があった。あれ？　と、頭の中にはてなマークが浮かぶ。

「……土曜の、閉じ込められた件は？」

自分で言いながら、いや、それじゃなくてと思う。その話じゃなくて——なんだろう。

「あれは確かに困りましたけど。でも、二度目はないと思いますし。私も気を付けますから。ずっとばい菌扱いされてるせいで、直接暴力を振るわれたりとかは本当にないんです。触ったら汚いっていうルールみたいで。トイレの時は、バッグでぎゅうぎゅうに押し込められましたし」

　玻璃の透けるような眼差《まなざ》しが、俺の思考を妨げる。その目はゆらゆら危なっかしく揺れている。じっと見ているうちに、俺の頭の中は目の前の玻璃だけでいっぱいになってしまう。玻璃はなにを見ているんだろう。なにを考えているんだろう。俺はそれだけを知りたがる生き物になってしまう。その大きな瞳《ひとみ》から、今にも溢《あふ》れそうなものはなんなんだろう。

「玻璃、あのさ……」

「はい」

「……あの……」

　語ろうとしていた言葉も、あっけなく見失ってしまった。俺たちの時間には限りがあるのに。沈黙なんかで埋めてしまうにはあまりにも惜しいのに、もったいないのに。

「……」

　なにも言えないまままた一秒が、また一瞬が、どんどん過ぎていってしまう。どこかに流れて消えていってしまう。

「……おはぎが、一番好きなのか？　その、甘い物界においては」

どんどん透明になってゆく俺たちの瞬間に、どうにか意味を与えたくて、とにかく言葉を無理矢理紡《つむ》ぐ。なんでもいいから、この透明を、意味あるなにかにしたかった。

「……うーん……どうでしょう。本当に一番かと言われると、微妙ですね。甘い物は全般好きですけど」

「洋菓子より和菓子？」

「はい。和菓子が好きです」

「あんことか系？」

「はい。あんこ好きです。おもちも好きです」

「じゃあ大福とか絶対好きだろ」

「あっ、大福好きです。すごく好きです」

言葉はどんどん俺と玻璃の隙間の透明を埋めていく。パズルのピースみたいに、どんどんはまっていく。流れて無になろうとする時を、俺たちは無理矢理に捕まえて、なにかの形に押し込めている。二人して、こうやって。

「豆大福とか塩大福は？」

「はい、好きです！」

「あんぱんは？」

「好きです！　もう、文句ないって感じです！」

「白あんとかもあり？　緑のとかあるじゃん、ウグイスあんって言うんだっけ？　ああいうのも？」

「はい！　好きです！」

その他にも玻璃の好きそうなものを、俺は次々に挙げたかった。この世に存在するありとあらゆる甘い物をもっと思い出したかった。二人でこうして話していたい。なんでもいいから話し続けて、玻璃と一緒にいたい。一瞬でも長く二人でいたい。ここにいたい。在り続けたい。ただそれだけの理由で、俺はずっと頭の中で、玻璃の好きそうな甘い物の名前を探し続ける。玻璃は好きだと答え続ける。ピースをはめろ。はめ続けろ。ぜんざい。みつまめ。あんみつ。ええと、鯛焼《たいや》き。どら焼き。あとは、

「あの。先輩。あの……あの、私、す、」

「す？」

……すのもの？　甘くねえ。すし？　甘くねえ。す、す……すのこ？　甘くねえっていうか食えねえ。

「好きで」

ガラリと戸の音を立てて、保健室に先生が戻ってきた。

「すあぅっ！」

玻璃は妙な声で叫ぶなり、激しくその場で膝《ひざ》を屈伸し始めた。さすがの俺も驚いた。

「ど、どうしたの?」先生も驚いて玻璃を見ている。玻璃の顔は真っ赤になっていて、その様子はどこから見てもおかしかったが、閃《ひらめ》いた。

「あ、『すあま』だ?」

ガクガクガク！　と玻璃は顎でマシンガン撃ちまくる勢い、頷きまくる。

「はい！　すあま！　好きです！　すあま！　まあまあ好きです！　それなりに好きです！」

「ていうか膝、壊すぞ」

いきなり止まり、玻璃はその勢いのまま、

「では！　そういうことで！　私は戻ります！　じゅ、じゅ、授業があるので！」

くるりと身を翻して保健室を出て行ってしまった。足音は、ダッシュの速度で廊下を遠ざかっていく。

「……屈伸、してたね」

「してましたね」

「ところで濱田くんはいつまでいるのかな?　鼻血も止まって、すっかり元気そうに見えるけど」

「あ、俺はもうちょっと……」

せっかくなので五時間目が終わるまで寝ていくつもりだったが、それからすこし経《た》った頃、貧血で倒れたという女子が両脇《りょうわき》を支えられて保健室にやってきた。ベッドは二台あるが、本当に具合の悪そうな女子は「吐きそう」とか不穏なことを言っている。すぐ隣にいるのが落ち着かなくなって、女子についている先生に「戻ります」と一声だけかけ、結局保健室を後にした。

授業の声だけが聞こえる廊下を、できるだけゆっくりと歩いていく。まだ現国は終わっていない。

玻璃もさっき、この廊下を歩いて教室に戻ったはずだ。無意識にその姿を想像する。揺れる髪。スカートの裾《すそ》。タイツに上履き。あの玻璃の、華奢《きゃしゃ》な背中。

背中。

「……」

冷たい空気を肺に飲む。

やっと、さっきの違和感の理由にいきあたった。

『手足、背中、あっちこっち痣《あざ》ができてるし、なんてひどいことするんだろうね今の子は』

——クリーニング屋のおばちゃんが、昨日うちの母親に言っていた言葉だ。着替えさせた時に見たんだろう。もちろんそれを聞き流したわけじゃない。ひどい、許せない、玻璃を守らなくては、と、一層強く胸に思っていた。

でも玻璃は、暴力はないと言ったのだ。ばい菌扱いされてるせいで、と。

俺は、玻璃が受けていたのは暴力に他ならないと思う。しねと書いたゴミを投げつけられたり、水をかけられたり、閉じ込められたり、机や椅子《いす》をひっくり返されたり。さっきのおはぎを落とされたのもそうだ。あれらはすべて暴力そのものだ。

でもその一方で、確かに、身体に傷が残るような形で直接的に攻撃することは巧妙に避けられているとも思った。俺はおはぎを顔に食らって鼻血を出したが、あれは俺が玻璃を庇《かば》おうとして前に大きく飛び出したからだ。きっと連中にも想定外の近距離だった。尾崎の妹や玻璃に着弾していたなら、多分、髪や制服を汚すだけのことですんだのだろう。身体に証拠は残さないのが奴らのルールなのかもしれない。その狡猾さはかえって気味が悪かったが、考えるべき問題はそこじゃなくて。

（じゃあ、いじめでできた痣じゃないとするなら、誰が玻璃を――）

頭上に、影が迫るのを感じた。

足元が黒い闇《やみ》に呑《の》まれる。

凄まじい圧迫感の正体をこの目で確かめたくて、思わず上を見た。でも、もちろん俺の目には見慣れた学校の天井しか見えない。廊下の先まで蛍光灯がずっと等距離で並ぶだけ。そして緑の非常灯。

でも、いるのだ。

（……UFOだ）

感じた気配は、恐ろしく巨大だった。得体のしれない恐怖が湧《わ》き上がってきて、一瞬、足が動かなくなった。うなじが硬く強張《こわば》って震える。

自分がしようとしていることの意味の全貌《ぜんぼう》が、ほんのわずかに、見えかけて消える。姿の見えないUFOが、玻璃の空には今もいる。影だけが、俺を確かめにきたようだった。俺は、あれを撃ち落とす約束をした。その大きさも知らないで。自分の力も、限界も知らないで。なんにも知らないままで。ヒーローになるとか言って。

玻璃は、俺なんかを信じている。

この俺が本物のヒーローだと、玻璃は信じている。

6

玻璃のクラスでは放課後、生徒全員強制参加のＬＨＲが行われるらしい。

おはぎが宙を飛んだ今日の一件の話だけではなく、土曜日のトイレ事件についても担任の耳に入り、これまでの経緯もあって、玻璃に対するいじめはついに「個別のトラブル」から「クラス全体の問題」に昇格されたようだ。

それに先駆けて、俺は教員室で一人の一年生男子から謝罪を受けていた。おはぎを投げた実行犯だそうだ。

「本当にすいませんでした。冗談のつもりだったんですけど、ふざけすぎました」

深々と頭を下げられても、自分でも驚くぐらいになんの感慨もわかない。どうせ「めんどくせー」とか舐《な》めたことを思っているんだろうし、それ以上に、こいつの存在は俺にはあまりにも関係がない。たまたま運悪く遭遇してしまったというだけの意味しかない。

とはいえ、うちの担任を含めた教師陣は険しい表情で俺たちを見ている。空気を読んで先輩ヅラを作り、

「人を傷つけるようなことするなよ。自分のためにもならないんだから。蔵本と、あと尾崎さんにも、ちゃんと今日のことは謝るんだぞ」

わかったようなことを言ってみた。真面目《まじめ》くさった顔をして、一年生は「はい」と頷《うなず》いた。

これにて「おはぎ流血事件」は解決。納得したっぽい雰囲気を存分に醸《かも》し出しながら、俺は一礼して教員室を出た。

廊下の隅でしばらく待っていると、さっきの一年生も出てきた。近づいていくと、ぎょっとした表情で固まる。どうせなら尋ねてみたいことがあった。

「ところで、どうしておまえは蔵本玻璃にああいう『冗談』をやるんだよ」

「え……や、ただ……クラスに、なんかそういう雰囲気があって……」

「なにがきっかけでそういう雰囲気になった？」

ああだこうだと、一年生は言い訳じみたことを言い連ねた。悪意とかじゃない。蔵本は変わってた。変な恰好《かっこう》と振る舞いで目立ってた。からかわれても嫌がりもしなかった。抵抗しないからエスカレートした。などと、云々《うんぬん》。

「でもほんと、今は悪かったって思ってます。もう絶対からかったりしません。だから、

あの、そろそろ俺、教室に戻らないと……」

行けよ、と顎《あご》をしゃくると、そいつは逃げるように階段を駆け上がっていった。

コートの前を止めてマフラーを巻き直し、廊下を一人で下駄箱《げたばこ》へ向かう。玻璃のクラスは丸ごと居残りだから、今日は上履きを探す必要もない。

学校を出て、薄暗い冬空の下、風に震えながら家への帰り道を歩く。

つくづくわからされた。俺は結局、いじめの件自体に関しては、どこまでも部外者でしかない。

犯人を罰して教育して根性を入れ替えさせて後輩たちみんなの高校生活をもっと有意義なものにしなくちゃ！　……とか、そんなの全然どうでもいいのだ。卒業してしまえばこの学校ともおさらば。「みんな」のことなんて知ったことじゃない。

もちろん、玻璃に対するいじめについて、根本的な解決を望んではいる。この先も続く玻璃の高校生活が平穏であってほしいと思っている。でも、玻璃と同じ制服を着た犯人たちに、まっすぐ向かい合う気などさらさらない。理解なんてしない。する必要があるとも思わない。彼らについて考えるのは「暇そうな先輩」の仕事じゃない。親とか教師がやればいい。

俺はただ、玻璃を守りたいだけだった。玻璃しか大事じゃなかった。

最初はこんなではなかった。あの月曜日、俺は見てしまったいじめを看過できなかった。あの時は、いじめという行為そのものが純粋に許せなかった。

いじめられていたのが玻璃じゃなかったとしても、俺は一年生たちに口出ししただろう。昼休みには時々様子を見に行き、心配して、同情して、かわいそうに思って、攻撃からかばおうとしただろう。上履きだって毎日見回り、探して揃《そろ》えてやったかもしれない。閉じ込められている可能性に気づけば、町はずれのトイレまで走ったかもしれない。

玻璃じゃなかったとしても、俺はきっと同じことをした。

でも、玻璃だった。

玻璃だったから、周波数が合ってしまった。

玻璃だったから、俺たちの間には、チャンネルが開いてしまった。

偶然でも必然でも、運命でもなんでもいい。勘違いでもいい。とにかく俺たちはいきなり繋《つな》がってしまった。俺には玻璃が特別になってしまった。

もしも玻璃が孤独なだけで、いじめという攻撃に晒《さら》されていなければ、特に存在を気に留めることもなかっただろう。孤独でいたっていいのだ。その闇《やみ》の中で息を潜めている時期があるからこそ、そこから這《は》い出すことができた時、光の眩《まぶ》しさに気がつけるんだから。

玻璃があのトイレの用具入れから手を伸ばして、俺に鍵《かぎ》を渡してくれた時。あの時おそらく玻璃は、暗くて冷たい孤独の穴から自ら這い出そうと決めた。俺を信じて、それまでの孤独の重みを預けてくれた。少なくとも俺にはそう思えた。俺は差し出された鍵を受け取りながら、本当は彼女の手を取りたかった。引っ張り上げる手伝いがしたかった。

這い出たばかりの玻璃の目には、今きっと、世界のすべてが眩しく映っている。俺の姿もその光の中にある。なにもかもが輝いて、真っ白にハレーションを起こしたように輪郭がぼやけて、恐らくは、まだすべてを正しく認識できてはいない。俺の本当の姿を、玻璃は見ることができていない。

さっき保健室で、玻璃が一生懸命伝えようとしてくれていた気持ちがわからないわけがなかった。玻璃が発する言葉を、俺が聞き逃すわけがない。

玻璃は、俺に好意を抱いてくれている。好きだと伝えたがってくれている。

玻璃がはめようとしたそういうピースを、でも俺は、気づかぬふりで払い落した。空いてしまった隙間《すきま》から感情の水が溢《あふ》れ出す。俺を浸して、押し流す。

（……ごめん。傷つけたよな）

真っ赤な頬。握りしめた拳《こぶし》。そして謎《なぞ》の屈伸。遠ざかる足音。

あーあ、と思いながら鼻をすすった。寒くて鼻水が止まらない。俺はばかだ。固い固いと引っ張っていた結び目がいきなりするっと解《ほど》けるように、俺は玻璃に恋をしてしまっていた。自覚しないように気を付けていたのに。直視しないでいたかったのに。

夕暮れの帰り道、一人で落とし穴に落ちたような気分だった。ずっととか、もっととか、そういう気持ちがまた穴を深くする。

いつか玻璃の目が光に慣れたら。そうしたら、俺という人間の姿かたちが、初めてはっきりと見えるだろう。そこに立っているのはただのちっぽけなつまらない男だ。無力な人間だ。

そしてきっと気がつく。濱田清澄は、かつて思ったほどには素晴らしくもなく、特別でもない。玻璃の世界を俺が変えたのではなくて、ただ、自分の視界が変わっただけなのだ、と。

まやかしのマスクを剝《は》ぎ取られれば、もうヒーローではいられない。ヒーローでいられる時間はきっと短い。俺は早く変身して、その短い時間を精一杯に使わなければいけない。

両足を無心に動かし、手をポケットに突っ込んで、寒さに肩を竦《すく》める。後ろから自転車で追い抜かしざま、「おう清澄！　帰り？」クラスの奴《やつ》が手を振ってくれた。笑顔で返す。「おお、また明日！」——みんな、さようなら。また明日。明日、もしも世界が滅びてなければ、また会おう。会えたらいいよな。会えるって思って俺は笑っとく。

さようなら。

それでいいよ。

俺は、好きな女の子に、光の中を生きてほしい。幸せそうに笑っていてほしい。その傍に俺がいなくてもいい。そうして新しい孤独を知ったとしても、それを新しい宝だと思える。彼女の世界から俺が消えてもいい。彼女の目には俺が見えなくなってもいい。彼女が笑ってくれるなら、そのためのすべてが俺の宝だと思える。

赤信号で立ち止まった俺の目の前を、何台もの車がガンガン飛ばしていった。一歩間違えて踏み出せば、俺なんか簡単に死んでしまう速度だ。

信号が変わるのを待ちながら、遠く連なる山々の向こうから黒い闇が迫ってくるのを見る。寒さが一気に寂しさに化けて、胸いっぱいに詰まってくる。もう夜が来るのだ。

(玻璃が帰る頃は真っ暗だろうな。大丈夫かな、あいつ)

暗くなったこの道を、一人で歩いていく玻璃の姿を想像する。なぜか後ろ姿ばかりを思い描いている自分に気が付く。踵《きびす》を返して先に行ってしまうのは、そういえばいつも玻璃の方だ。

目の前から去るのは、玻璃の方。

でもその前に、俺にはやることがある。

まずはこの目を変えたい。今の目のままではまだ見えない、玻璃の空のＵＦＯが見たい。玻璃が行く道に影を落とす、あの巨大な黒いなにかを撃ち落としたい。

実はすでに頭の片隅には、かすかな予感があった。

玻璃がUFOと呼ぶものの実体の輪郭が、うっすらと浮かびかけている。それはいじめそのものではない。玻璃を、いじめにあってもなにも言えないこどもの形に縛り付けて、自由を奪い、逃がしてくれないもの。なにをされても助けを呼ぶ力さえ奪い去るもの。

つまりきっと――いや。まだ全然確かではないし、この予感が当たりならば最悪だ。今はまだ、言葉にすらしちゃいけない。

いくつもの嘘《うそ》やごまかしを見極めて、その形を、俺はこれから確かめなくてはいけない。敵の姿を見なくては、撃ち落とすことなどできない。

(でもどうやって確かめればいいんだ?)

信号が変わる。

俺に対してだけ安全になった道を一人で進んでいきながら、息を詰めて考え続ける。

＊

日々は一見、平和に過ぎていった。

具体的に平和の例を一つあげると、あの放課後の話し合いがあってから、玻璃の上履きが放り投げられていたことは一度もない。

いじめていた連中は本当に反省したのか、担任がうるさいから一時的に目立つことはやめただけで腹の中では真っ赤な舌を出しているのか。あるいは、単に期末試験が近づいてきて、他人に嫌がらせするよりも大事なことを思い出したのか。わからないが、学校における玻璃の状況がマシになったことだけは確かだった。机やイスを蹴《け》られたり、暴言を吐かれたりということも一切なくなったと玻璃は言った。俺もそういう場面に行き当たることはなかった。

「おはようございます」

「おっす」

何回目かの、朝。

片手で単語帳をめくりながら、交差点のガードレールに腰かけて待っているのはいつも俺の方。

玻璃はいつも、

「先輩、そんなところにまた座ってる。おしり痛くないですか」

来るなり同じことを言う。そして俺も、

「クロスだから。割れ目に対して」

同じことを返す。で、二人して、繰り返される会話の流れの下らなさに同じタイミング、目を見合わせて笑ってしまう。

「しょーもねえ。行くか」

「はい！」

おはぎの日の朝から、俺と玻璃は、毎日こうして並んで歩いて登校するようになっていた。いや、なっていたというか、俺が勝手に玻璃を待っていることにした。約束したわけでもなんでもなかったが、玻璃は俺を見つけると必ず足を止めてくれたし、元気に挨拶《あいさつ》の声を聞かせてくれた。俺の体内にはそれだけで十分に、次の日も、また次の日も、そのまた次の日も、玻璃をここで待ち続けるエネルギーが生まれた。不思議なバリアで守られているみたいに、寒さも眠さも感じなかった。

田丸にはもちろん散々からかわれている。朝、道の途中で会っても、田丸は「ほっほっほ」と変な笑い声だけを残して先に行ってしまう。そうして教室についてから、「付き合ってる〜付き合ってる〜」などとつつく指で俺の身体《からだ》をつつきまわしてくるのだ。たまに本気で痛い時もあって、「つぼ！　そこ！」「彼女かよ〜彼女かよ〜」「いったいから！　おまえ、秘孔《ひこう》つこうとしてない⁉」「いや、北斗七星の跡をつけようとしてるだけ」「じゃあやっぱ秘孔じゃねえか！　突かれる方の気持ちを知れ！」「痛い！　やめれ！」……結局お互い爆笑しながら、激しいつつきあいに発展する。机を挟んだ攻防になるのもいつもの流れ。そして尾崎は冷たい目で心底嫌そうにそんな俺たちを眺め、「きもーい」と髪をかきあげる。まあ、尾崎は照れているんだろう。なにせあいつは俺のことをかっこいいと思っているのだから。

尾崎姉妹では妹の方が、姉より断然俺に優しい。

昨日の登校時間にはこの辺りで尾崎の妹と行き会った。「あっ！　ヒマセンと蔵本！　はっけーん！　おっはよー！」後ろから走って追いかけて来て、「眠ーい！　だりー！」機嫌良さそうにテンションを高めていた。姉妹は一緒にいたのだが、姉の方はとっとと先に歩いて行ってしまった。

尾崎の妹は口に棒付きの飴《あめ》を咥《くわ》えていて、「はい、蔵本。あげる。プリン味」ポケットからもう一本取り出し、玻璃に手渡した。「あ、ありがとう」「俺にはないのか」「っす」「まじかよ傷ついた！」もちろんただの冗談だったが、尾崎の妹ははっとしたように眉《まゆ》を上げ、「じゃあ、これを」舐めている途中のをすぽっと口から出して、俺に差し出してきた。それは優しさなんだろうが、でも見るからにねっとりと溶けかけ、「いい、いらねえ……」もらってしまったら人間失格な予感がした。

玻璃は嬉《うれ》しそうに手袋を外し、さっそく包みをむしって飴を舐め始めたが、ふと首を傾《かし》げ、「あの、尾崎さん……これ、学校で舐めてたら怒られない？」「怒られるよ」「……学校までに舐め終われるかな」「いや。無理。もつ。三十分ぐらい」「ど、どうすれば……？」「この包みで」尾崎の妹はくしゃくしゃの包み紙をポケットから取り出し、舐めかけの飴にくるりと巻きつけてみせる。「で、帰りに」それを外し、「また舐める」再び口に入れる。玻璃はふむふむと納得したように頷き、「じゃあこれは大事だね」ポケットに入れた包み紙を触って確かめていた。なんとなく、俺にはその行為が受け入れられなかった。「口から出したのをまた舐めんのって嫌じゃねえ？」言ってみたが、女子二人は「え？　なんで？」「普通のことでは？」きょとんとしていた。男女の差か、歳《とし》の差か。それとも俺が潔癖なんだろうか。

そんな昨日の道行も楽しいものだったが。

「期末の勉強、してるか？」

玻璃と二人で歩くこのひとときが、俺にはやっぱり特別だった。

「してます。けど」

ゆっくりと歩きながら、玻璃は俺の方をちょっと見上げて白い息をほわほわと立ち上らせる。寒さのせいか、鼻の辺りだけ赤い。

「数学、あんまり得意じゃなくて。実はちょっとピンチです」

耳が冷えるのか、話しながら手袋をした手で時々ぎゅっと押さえている。髪は今日もふんわり綺麗《きれい》に整えられて、丸いおでこが光っている。

「数学は俺もだめ。ちなみに誰先生？」

「児島《こじま》先生です」

「げ、こじーかよ。あいつすげえ厳しいよな、容赦なく赤点つけてくるし」

「先輩も一年の時、児島先生だったんですか」

「そう、最悪。平均点以下は全員課題とか鬼なこと、まだやってんの？」

「やってます。ばりばりです。あれ、絶対引っかかりたくなくて……」

「あいつまじで一番はずれだよ。異常にテスト難しくしてくるし、授業もわかりにくいし、心は冷たい氷でできてるし」

「氷かあ……どうしよう……」

「過去問あるけど、いる？」

「え！」

ぴょこんと玻璃は小さく跳ねた。

「い、いります！　とってあるんですか？」

「なにを隠そう俺、こじーに一年の全学期で赤点食らって再試の嵐《あらし》だったから。まっじ、超つらいよ。留年だけはしたくなくて必死に猛勉強したたし、数学だけテスト全部ファイルして手元に残してあるんだよ。おーう、すっげえ嬉しそうな顔」

「……わかっちゃいます!?」

「わかりまくるよ。とっといた甲斐《かい》があったな」

玻璃が俺を見る目はキラキラ、その顔には「先輩ってすごい！　尊敬！」と思いっきり描いてあるが、実際全然すごくない。所詮《しょせん》は連続赤点の賜物《たまもの》だ。

「じゃあ、そうだな。明日持ってきてもいいし──」

いきなり考えが一つ、閃《ひらめ》いた。そうだ、とか言ってしまいそうになるのを押し殺し、そのまま何食わぬ顔で話を続ける。

「――なんなら今日の帰り、うちに寄ってくれたら渡せるけど」

「あ、えと、じゃあ……帰りにいいですか？」

「いいよ。うちのクラス、担任の話が長くて帰りにダラダラしがちだからちょい遅いんだけど、待っててくれる？」

「はい。待ってます」

校舎の玄関口が見えてくる。ポケットから飴を二つ取り出す。これは昨日の夜に準備した通り。

「飴、やるよ」

一つをさりげなく玻璃に差し出し、もう一つは自分の口に放り込む。

「あ、ありがとうございます」

玻璃は素直に手を出してくる。

「テスト前に風邪なんか最悪だからな。今食っちゃえ、喉《のど》にいいから」

「はい」

「手袋。べたつくぞ」

「あ」

俺に言われて慌《あわ》てて手袋を外し、玻璃は改めて素手で飴を受け取って口に入れる。

その手袋を外した手首の辺りを、俺は横目でこっそりと盗み見ていた。昨日、尾崎の妹が飴をくれたときに目に入ったのと同じところ。

（……やっぱり！）

あの時、一瞬見えた気がしたのと同じ跡を、玻璃の手首に確かに見つけた。見間違いではなかった。

紫と緑に変色した内出血。それは何本かの、恐らくは——指の跡。そしてその腋《わき》を真っ赤に走る、長いみみずばれかひっかき傷みたいな筋。手の甲から袖《そで》の中まで、痛ましい痕跡《こんせき》がくっきりと残されている。

なにも気づいていないふりで、玻璃に手を振る。

「じゃあ、また帰りにここで」

「はい」

「昼休みとかも、なにかあったらすぐ俺か担任の先生に言えよ。乱暴なことをしてくる奴は、もういないんだよな？」

「いません。というか……あのおはぎの時以来、かえってものすごい腫《は》れ物みたいになってしまっているので。尾崎さんだけです、私と話してくれるの。他の人は誰も近寄ってもきませんよ」

「なにか投げられたりとかも？」

「全然です。本当に」

「ＵＦＯも攻撃は停止中か」

「だといいんですけど」

笑うともなんともつかない曖昧《あいまい》な表情を浮かべて、玻璃は飴を口の中で転がしながら踵を返し、一年生の下駄箱の方へ歩いていった。その後ろ姿を何秒か見送り、俺も歩き出す。

玻璃はいつもタイツを履いて、外では手袋をして、できるだけ肌を露出しないようにしている。

おはぎの一件があった日、廊下で捕まえた一年生が言っていた。玻璃は夏でも長袖だし、暑い日でもタイツを履いていて、それで「頭がおかしい」キャラになった。体育の着替えも異様にこそこそしていたらしく、女子もみんな気味悪がってた、と。

決定的に嫌われることになったのは、ある日の掃除の時間。ゴミをかぶらされた玻璃の制服を、一人の女子が払ってやろうとしたらしい。玻璃は絶叫し、その女子を乱暴に突き飛ばした。騒然とする中、玻璃は転んで泣いている女子を無視して走り去った。その事件から完全に、クラスで孤立したのだそうだ。

絶叫しながら突き飛ばす――まるで俺が玻璃と出会った時のようじゃないか。あのとき背中に触れた俺は、でも突き飛ばされはしなかった。その掃除の時間の一件を、玻璃自身が悔やんだからかもしれない。手を出してはいけないと、正気ギリギリの線で堪《こら》えたのかもしれない。結局ゴミは投げられたが。

人に急に身体を触られるのは、玻璃にとってどういう意味をもつのだろう。どれほど衝撃的なことなのだろう。どれほど怖いことなのだろう。

あの手首の痣《あざ》ができた時も痛かったはずだ。そしてああいう痣は、恐らくずっと以前から、玻璃の体中に常にあるのだ。手袋や長袖やタイツで隠さなければいけないほどに。

俺は自分の教室へ向かいながら、右手で左手首を角度を変えながら摑《つか》んでみていた。玻璃の手首に残された傷が、脳みそにプリントされたみたいに消えてくれない。なにをされたらあんなにひどい跡になる。握り方をいろいろと変えてみるが、でもどうしても、さっき玻璃の手首に見つけた跡と同じ形にはならない。

「おっす清澄。今日も彼女と来たんだろ～、絶対それ付き合ってるよもう絶対」

いつものように笑って手を振ってくる田丸の席に行き、

「おっす。なあ、ちょっと俺のこの手んとこ、握ってみてくんねえ？」

「なに、出し抜けに。話逸《そ》らそうとしてんのか」

「いいから。とりあえずやってみて、ここ」

「脈でも測れって？」

「まあそんな感じで、全部の指で。ぎゅって摑んでくれ」

田丸は不思議そうな顔をしながら、俺の言うとおりに向かい側から手首を摑んでくれた。でも指の形が全然違う気がする。

「違うな……下から摑んでみてくれる？　もっと、ぎゅーっと強く」

「ええ？　こうかよ。なんなんだよこれ」

「指が斜めにかかるようにできる？　そう、そうやって、もっともっと力を入れて。もう全力で。うおおお～こんにゃろ～って」

「おっしゃ。……うおおおおりゃ～この野郎自分だけ幸せになりやがってぇ～っ！」

下から手首を摑まれた状態、男の全力で思いっきり摑まれて「いっ」親指の付け根の筋がおかしくなりかけた。

「ってててててっ！」

自分から頼んだくせに驚き、とっさに腕を引く。田丸の手を振り払ってしまう。その勢いで手首に熱い痛みが走った。正直、こいつの握力を舐《な》めていた。

「すまん！　大丈夫か清澄！　引っ搔《か》いちゃった！」

「だ……大丈夫大丈夫……」

田丸の爪《つめ》に擦《こす》られたところが、長いみみずばれになって俺の手首に残った。内出血はしていないが、圧迫された指の跡もついている。この形。これだ。

「げ、やっべ、まじごめん清澄！　痛い!?」

「いや、平気平気。ていうか俺が変なこと頼んだせいだから、こっちこそごめん」

正面からだ。

真正面から今みたいに、思いっきり強い力で――女には多分出せないぐらいの力で、手首を引っ張られ、もがいてそれを振りほどくと、手首にはこういう跡がつく。確かめて、俺はまた一つ、頭の中で疑惑のチェックボックスにマークを入れる。

「なんだったんだよ今の、まじで」

「なんかテレビで見た、ストレッチみたいなやつ。でもよくわかんなかったわ」

笑って田丸にはごまかしながら、しかし腹の底は恐ろしいほど冷え切っていた。もやもやとしたかすかな煙みたいだったある予感が、俺の中で、もうすこしくっきりとした輪郭を持ち始める。

華奢《きゃしゃ》な玻璃の手首を、あんなひどい跡がつくほどに思いっきり引っ張る人間。ひどい、最低の奴。服に隠れて見えない部分にも、いくつも痣を残すようなことをする奴。そういう男が、この世にいるのだ。

それは一年A組の教室にいる連中ではない。

学校以外で、玻璃と一緒にいる男。

当てはまる人物は一人しか思い浮かばない。

（……でも、もし本当にそうだとしたら、微妙に話が合わないんだよな）

玻璃の言葉を思い出す。

『おばあちゃんはいるんですけど』

『なにも言わないですよ』

『静かです。すごく』

話が合わないというか、その話を俺にした意味がよく分からない。玻璃は、なにかを俺に伝えようとしている気がする。はっきりとは言えないけれど、はっきり言わないことだけを手段にして、俺に気付かせたいことがあるんじゃないだろうか。

（俺に言えないことが玻璃にはある。それは確実）

自分の席に荷物を置きながら、嫌な胸騒ぎは止まらない。一瞬、一瞬が過ぎていくたび、こんな悠長なことをしていていいのかと自分に問いたくなる。フラッシュみたいに手首の跡が脳裏に浮かび、さらに焦《あせ》る。早く玻璃を助けなくては。しかしまだ確かじゃないのだ。この件に関しては、絶対に、ただの一つも間違えることは許されない。俺がなにかミスをすれば、玻璃の人生が狂ってしまいかねない。

慎重に、今は息を殺して立ち止まり、信号が変わるのを待つ。思うことは秘めたまま、黙ってひたすら考え続け、体の中にエネルギーを貯《た》める。

＊

放課後、玻璃は約束どおりに俺を待っていた。

俺の家へ向かう前にクリーニング屋のおばちゃんに挨拶しようと言うと、玻璃は頷いてくれた。おばちゃんは玻璃のことをあれからずっと心配していて、俺と顔を合わせるたびに「あの子は大丈夫？」と声をかけてくれていた。

その他にももう一つ寄り道をする理由はあったが、それは玻璃には言わなかった。

「おばちゃーん、こんちはー」

「こんにちは」

玻璃と連れだって店の中に入っていくと、あの土曜と同じく客は一人もいなくて、

「あら！　あらあらあら！　やっと連れて来てくれた！」

おばちゃんはすぐにカウンターの奥から現れた。にこやかな笑顔を惜しみなく玻璃に向ける。

「どうしてるかなってずっと思ってたのよ。元気にしてた？　学校は大丈夫？」

「あ、だ、大丈夫です」

「そう、ならよかったねえ」

「あの、先日は、制服を……ありがとうございました。本当に、助かりました。でもあ

の、お金を払わないとって、私ずっと……」

「いいのいいの、おばちゃんが勝手にやったことよ。それよりおはぎ、口にあった？」

「あ。その……それが……ええと……」

気まずそうに口ごもり、玻璃は俯《うつむ》いてしまう。言いづらい気持ちはわかる。俺が代わっておはぎの顚末《てんまつ》について説明することにする。

「実は、まあ話せばちょっと長くなるんだけどさ、」

「だめだめ、長い話は私みたいな年寄りにはわからないから。いつもドラマ見てたって置いてけぼりよ。え、この人だれだっけ、あれ、今なにがあったの、って。出てる人の顔も区別つかないしさ。なんか最近の番組って、ぜーんぶ同じ人が出てない？　さっき殺されたと思ったら今度刑事で出てくるみたいなさ」

「そんなことはないでしょ……。じゃあ結論だけ言うけど、こいつは食えなかったんだよ」

「え！　どうして？」

「いじめっこにバーン！　て叩《たた》き落されて」

投げつけられたことは伏せておくが、それでもおばちゃんには十分ショックだったらしい。

「そんな！　ひどいじゃない！」

「あ、俺と母さんはもちろん食ったよ。ありがとう、超うまかった」

「うまかった、じゃないわよ！　ええ、いやだもう、信じられない！　あんまりよ、かわいそうに……そうだ、ちょっと待ってね」

おばちゃんはいそいそと一度店の奥に入ってゆき、すぐに小さな皿と楊枝《ようじ》を持って戻ってきた。

「もらいものの残りで悪いけど、食べていきなさいよー」

カウンターに置かれた皿の上には、あんこのたっぷりついた有名なお土産菓子が鎮座していた。「あ、赤福！」玻璃は鋭く目を輝かせ、

「いいんですか!?」

もう楊枝を摑んでいる。なるほど、赤福。盲点だった。それはもうあんこだわもちだわ、玻璃の大好物のど真ん中に間違いない。

「いいのよ、どうぞ」

「お店でいきなり高校生が赤福食ってるクリーニング屋って結構シュールだよな……ちなみに俺の分は？」

「ないのよ。これ、最後の一つ。こないだお嫁さんが旅行で買ってきてくれたの」

「えー!?　なんか続くなこのパターン！」

「……」

玻璃は気まずそうにいきなり動きを止め、俺の方に楊枝を差し出してくる。

「いやいや、いいから……」

その手を丁重に押し返す。

「気にするな。それはおまえが食べろ」

「じゃ、じゃあ半分……」

皿をちょっとこちらにずらそうとしてくるのも押し返す。

「いい、いい。全部いっとけ、ぱくっと」

「……すいません……では、いただきます」

玻璃は手袋をしたまま食べ始めようとしたが、うまく指先を使えなかったのかお行儀が気になったのか、外して自分の脇に挟んだ。その拍子、袖口から手首の痣が覗《のぞ》く。それに多分気づいて、隠すように思いっきりブラウスの袖を引っ張って伸ばし、納得したみたいに改めて赤福を食べ始める。

おばちゃんが手首の痣を見たかどうかはわからない。ただ底なしの優しさだけをどこまでも秘めた目で、

「おはぎならまた作るからね。大丈夫よ。ゆっくり食べなさいね。もっと残しておけばよかったね。私も甘い物には目がないのよ。おいしいよねえ、赤福」

玻璃が食べるところをじっと眺めていた。

「しかし、いつ来てもこの店、お客さんいねえな」

「え、そんなことないよ。たまたまだよ」

「でもこないだも誰も来なかったじゃん」

「ま～あんたやなこと言うわねえ。昔はすっごいおりこうさんだったのにさ。ちっちゃくて、目がくりくりして、ほっぺなんかぽちゃっとして、女の子みたいにかわいかったのに。おばちゃんおばちゃんって。あのかわいさはどこに落としてきたんだろう。今からでも拾いに行きたいわ」

「俺は今もかわいいよ」

「……んふっ！」

玻璃が小さく噴き出す。俺をちらっと見て、すぐ逸らし、ニヤニヤしながら声を出さずにくねくね悶絶《もんぜつ》し始める。どういう意味だ。

「ねえ、かわいくないよねえ。この子もそう言いたいんだよ。背はにょきにょき伸びるし、声も低くなってさあ。もうすぐ大学受験でしょ？　やだね～早い早い。あっと言う間。ランドセル見せにきたと思ったらすーぐおっきくなっちゃって。こないだお母さん言ってたよ、『清澄の起き抜けの声がおじいちゃんみたいなの、こわーい、どうしよう』って」

「それは起き抜けだからだろ。朝一でいきなりコンディション最高な奴なんかいませんから。それに言っとくけど朝の母さんなんか見た目ジョーカーだぞ。トランプの絵柄そっくり。まじこええよ。って、あれ？　玻璃？」

しょうもないことを言い合っている俺とおばちゃんの脇で、玻璃は一人、小さく苦しみ続けていた。さっき俺を見ながら噴き出した時に赤福が喉に詰まったらしい。

「あらあらあら……」

「じゃなくて、お茶か水！　早く！」

家につくと、もう五時を過ぎていた。クリーニング屋で随分長く世間話をしてしまった。

母さんは今日は日勤だからもう帰っていていい頃だったが、買い物にでも寄っているのか、まだ車はなかった。

「多分もうちょっとしたらうちの母親、帰ってくると思う」

「お仕事ですか？」

「市立病院のナース。先に言っとくけど、すっげえトークうざいから。覚悟しといて」

「あ、でも私そんなに長くお邪魔しませんし……あんまり時間が」

「おお、そうだよな。わかってる。ちょっとその辺に座ってて、部屋で過去問のファイル探してくる」

お父さんは七時ぐらいに帰ってくるんだよな。わかってるとも。

玻璃にはさりげなく、時計が見えない位置の座布団《ざぶとん》をすすめた。二階の部屋に上がり、本棚からファイルを取り出す。古いテストと答案をパラパラとめくりながら、

(この目で見て、確認しておきたいんだよな。どうしても、一度は)

動きを止める。

自分の心の中でさえはっきり言葉にするのは憚《はばか》られたが、しかし。

(七時に帰ってくるお父さん、とやらを俺は見てみたい。どんなツラしてるのか……)

俺は、玻璃の父親を疑っているのだ。

もし本当にそうなら最低、最悪だ。玻璃はたった一人の自分の親に暴力を振るわれていることになる。そんな可能性を否定できるなら俺もしたい。でも、できない。疑いをはっきりと晴らせるだけの材料がない。

ただ、一つ。玻璃の家にはおばあさんがいて、三人暮らしのはず。そのことだけが、俺の疑念が確信に変わるのを阻止している。二人きりの密室で父親の暴力に晒《さら》されている、という状況は成り立たない。

しかしそのわりには、玻璃の口から出るのは「お父さん」「お父さん」「お父さん」ばかり。あまりにもおばあさんの存在感が薄いのも、おかしいといえばおかしい。やっぱり玻璃に暴力を振るっているのは父親で、おばあさんは玻璃を庇《かば》ってくれないということ

となのだろうか。それが玻璃の言う、「静か」という意味なのだろうか。まさかおばあさんもグルなんてこともありうるのだろうか。

それとも、父親は玻璃にだけじゃなく、おばあさんにまで暴力を振るうかなにかして、家族を支配しているのか。玻璃の母親、おばあさんの娘が出て行ってしまったことも暴力の根拠にして。

(でもなにもかも、俺の想像でしかない)

証拠は、玻璃の身体に残された怪我《けが》だけだった。だが傷跡に犯人の名前が書いてあるわけじゃない。そしてなにより、玻璃自身がそれを隠したがっている。助けて欲しいともなんとも言われていないのだ。俺が勝手に、自分の都合で関わろうとしているだけ。隠したがっている玻璃の事情に踏み込もうとしているだけ。

(こんなにすべてが不確定な話じゃ、誰にも相談なんかできねえよ。第一、もしこれで騒ぎになって、俺の勘違いだったら、玻璃の家族にとんでもないことをしてしまう)

ファイルを手に持ったまま、机にちょっと腰かける。とにかく今日はできるだけ玻璃を引き止めておきたかった。そして父親を見てみたい。疑念を確信に変えていいのか確かめたい。思い付きの計画だったが、そう難しくはないと思えた。

そのとき、

「ただいまー！　ねえねえあんた、おばちゃんとこ行ったんだって⁉　なんかあの女の子と一緒だったって今そこで聞いたけど本当⁉　それってさあ、つまりデート的な……わーお！」

だいたいなにが階下で起きているか想像がついた。ファイルを持って降りていくと、思った通り、

「いるわ！　うちにいたわ！　つまりあなたが例の⁉」

「……あ……はい……」

「清澄と朝、一緒に登校してるでしょ⁉」

「……あっ……は、はい……」

「やっぱりそうだ！　清澄に聞いてもいっつも『うるせえ！』『関係ねえ！』挙句の果てに『爽《さわ》やかな朝に話しかけてくることを禁止する！』だもん！　清澄が女の子連れてくるなんて正真正銘初めてよ！　ねえねえ、ってことはつまり、彼女なのかな⁉　ん⁉」

「……」

「ん⁉　ん⁉　どうなのかな⁉　んー⁉」

まだ買い物袋をぶら下げて居間の戸口に立ったまま、うちの母さんはなぜか顎《あご》を突き出し、玻璃にしつこく話しかけていた。玻璃はこたつから動けなくなって、正座の態勢で深く俯き、明らかに困り果てて顔を真っ赤にしている。母さんの顎と玻璃との間に割

って入り、

「うるせえ！　関係ねえ！　穏やかな夕方に話しかけてくることを禁止する！」

　息子として言いたいことは言ってやるが。

「やだ！　話しかける！　っていうか、ちゃんと紹介してよ」

「やだね。恥ずかしい」

「えー！　あんた照れてるんだ⁉　ってことは本気なんだ⁉　やっだ、うっそ！　どうしよう、今日お赤飯にすればよかったかも⁉　ごめん、五目ずしだ！　ていうかすし太郎だ！　混ぜるだけだ！　ごめん！」

「こんな母親で、俺は本当にいろいろ恥ずかしい」

「……おまえさあ、あんまふざけんなよ？」

　いきなり低くなった母さんの声のトーンがやや本気だったので、改めて。

「玻璃。これ、うちの母さん。ごめんなすっげえ騒がしくて。俺ほんと、身内として恥ずかしいわ。世が世なら自決モンだよ」

「いえいえ、そんな……」

「こんにちはー、初めまして。自決モンの清澄の母です。こんな馬鹿《ばか》野郎と仲良くしてくれてありがとうね。同じ学校なんだよね？　何年生なの？」

「あ、一年です……」

「こちらは蔵本玻璃さん。玻璃って、ニードルじゃなくて難しい漢字の」

「ああ、わかるわ。我が家の某所で愛読されてることわざ辞典に載ってた。綺麗な名前ねえ」

「えと……ありがとうございます……」

「うちの清澄はね、身長の大半が座高なの。ほぼ上半身なの。短足なのよ」

「あ……はい……」

「うるせえな。それがなんだよ」

「ここまで胴体なんだよ。長いよねー。足はここからだからね！　こいつ！」

母さんは俺の腿《もも》の中ほどをいきなり乱暴にバンバン叩いてきて、

「へへーん！　お母さんのこと邪険にした仕返しだよ！」

舌を出してみせる。文句を言う気にもならない。どうしてこれがナースなんて責任重大な仕事をしていられるのか、俺には心の底から謎《なぞ》だった。

「お茶かコーヒーでも淹《い》れるわね。玻璃ちゃん、どっちにする？」

「……ええと、ど、どっちでも……」

「ついさっき、俺たちおばちゃんのお店でお茶飲んできた」

「じゃあコーヒーにしようか？　インスタントだけど。玻璃ちゃん、飲める？」

「あ、はい、い、いただきます」

「支度するからゆっくりこたつに入っててね。ごめんね、うちボロ家だから寒いよ」

「そんな、全然、全然です。あったかいです、すっごく……」

「ならよかった。ちょっと清澄、上の棚からカップ出してよ。玻璃ちゃんにはもちろん一番かわいいやつね」

「どれが一番かわいいってことになってんだよ。うさぎ？　バラ？」

「バラ」

「はいよ。これね。とか言って、俺が豚バラ肉の模様のカップ出してきたらおもしろくねえ？」

「別におもしろくないよ。豚肉の柄のカップぐらい普通にあるじゃん」

「ねえよ。どこで見たんだよ」

「え、喫茶店とか」

「うそつけ。あ、ちなみに普通に素敵なローズ柄だから安心して」

振り向いて見ると、玻璃はこたつに突っ伏してぴくぴく背中を震わせていた。よかった、笑っているっぽい。

「ていうかそうだ、これ。渡すの忘れたら意味ねえよな」

手に持ったまま、存在自体を忘れかけていたファイルを玻璃に渡してやる。

「ありがとうございます。ていうか、先輩……」

「なに？」

「……おかしい……」

「ああ、うちの母さん？　おかしいよ。脳の部品がなんかパチモンなんだよ」

「いえ、その『おかしい』じゃなくて……な、なんか……なんだろ、ごめんなさい、おもしろい？　楽しい？　なんか、我慢できないです。すっごい、笑っちゃいました」

　そう言いながら、また玻璃は顔をくしゃくしゃにして、「あははは！」笑い始める。あまりにも無邪気で無防備な、子供っぽい表情。つられて、なんだか俺まで笑えてきてしまう。

「どうぞどうぞ。いくらでも笑ってくれよ」

　玻璃が笑えば笑うほど、俺は幸せで、体中にエネルギーが満ちるのを感じた。この笑顔を見ることだけが、今の俺には目的のすべてだった。


　母さんのおばさんパワーは凄《すさ》まじかった。ずーっと俺たちと一緒にこたつに居座って、どうでもいいことを喋《しゃべ》り続け、菓子は出てくるわ、漬物は出てくるわ、しまいには俺のガキの頃のアルバムまで出てきた。

「ほらこれ、小学校の入学式だわ。最前列にいるこの子が清澄」

「わー、先輩、小さい……」

華麗なる
英国貴族式生活——。
『櫻子さんの足下には死体が埋まっている』
話題の著者が贈る
ハートフルメイドストーリー
新潮文庫nex
オークブリッジ邸の
笑わない貴婦人
太田紫織
Shiori Ota
イラスト／toi8

愛川鈴佳、21歳。
明日から、十九世紀に行ってきます。

「完璧なヴィクトリアンメイド募集」——派遣家政婦・愛川鈴佳に舞い込んだ風変りな依頼は、老婦人の生涯の夢のお手伝い。旭川近郊の美しい町に十九世紀英国を再現したお屋敷で、鈴佳は「メイドのアイリーン」になった。気難しい奥様の注文に、執事のユーリや料理人ミセス・ウィスタリア、農家のスミス夫人たちと応えるうち、新人メイドは奥様の秘密に触れ……。階上《アップステアーズ》で過ごすご主人様の夢を叶えるため、お屋敷の歯車たちは、今日も階下《ダウンステアーズ》を駆け回る!

《登場人物 *characters*》

【アイリーン・メイディ】
愛川鈴佳《あいかわすずか》
お屋敷のメイドとなった札幌の派遣家政婦。

【奥様】
楢橋《ならはし》タエ
十九世紀英国式の時間を生きるお屋敷の主人。

【ユーリさん】
楢橋優利《ならはしゆうり》
奥様の孫。お屋敷では執事として仕えている。

オークブリッジ邸の笑わない貴婦人

太田紫織

1 新人メイドと秘密の写真
定価(本体670円+税)

2 後輩メイドと窓下のお嬢様
定価(本体590円+税)

新潮文庫 nex

「そう、小学校の高学年まではずっと最前列が定位置だったのよ。それがいきなりでかくなっちゃって……あっ！　次のページ、どうしよう清澄！　玻璃ちゃんに見せてもいい？」

「え、なに？」

「全裸。とある夏の日、庭先のビニールプールでのひとこま。……玻璃ちゃん、見たい？」

「見たいです見たいです」

「いやいやいや、やめようよ、って……まじやめろよ⁉　ほんとに全裸の丸出しじゃねえかよ！」

「ねえ、ほら。小さいよー」

「やめろ！」

アルバムを奪い合う俺と母さんを見て、玻璃は肩を揺らして笑っていた。母さんは、素直で大人しい玻璃がすっかり気に入ってしまったらしい。

「そうだ、玻璃ちゃん。おうちに連絡して、ごはん食べて行きなよ。もう遅くなっちゃったし」

その言葉に、玻璃ははっと我に返ったように顔を上げた。

「……いけない。今何時ですか」

「六時四十五分、ちょっと過ぎね」

「え⁉　すいません、私帰らなくちゃ！」

座布団を踏んですっ転びそうになりながら慌てて立ち上がる。

「今日はありがとうございました！　ごちそうさまでした！」

猛然とコートを引っ掴み、鞄《かばん》も引っ掴み、こっちに何度も頭を下げながら玄関へ向かおうとするが、

「おい、ファイルファイル！　忘れてる！」

「あ！　そうだった！」

さりげなくファイルを渡しかけたポーズのまま宙に浮かし、母さんの方を振り返る。

「ていうか母さん、車出せる？　玻璃のうち、お父さんがすっごい厳しくて、帰りが遅れると怒られるらしい」

「あらそうなの？　ごめんね、時間に気づかなくてすっかり引き止めちゃった。責任もっておうちまで送るわよ」

「い、いえ！　大丈夫です！」

「遠慮しないで。また遊びに来てほしいし」

「そうだよ、俺も一緒に行く。お父さんより先に家についてないとまずいだろ？　車ならすぐだから。母さん、玻璃のうちは雑木林とかある方の、えっとどこだっけ？」

少し迷いながら、玻璃は町名を口にした。そこならすぐよ、と母さんはもう上着を羽織って車のキーを握っている。

「玻璃んち、お父さんとおばあさんの三人暮らしなんだよな」

「あら、おばあさんいらっしゃるんだ？」

お母さんはどうしちゃったの、とか訊《き》くほど母さんも愚かじゃない。うちだってお父さんはどうかしちゃっているのだし。

「……あ、はい……」

「でもお父さんが、帰ってきた時に玻璃が家にいないと怒るんだって。七時ぐらいには帰って来ちゃうんだよな」

「……は、い……」

「七時ね、大丈夫、間に合うわ。怒られて、もううちにも遊びに来られないなんてなったら嫌だもの。はい、忘れ物してない？　行くよ！」

玻璃は断るのを諦《あきら》めたように、母さんの後について玄関を出た。その困り果てたような、戸惑ったような表情。目を向けていられなくて、急ぐ素振りで玻璃に背を向ける。ごめん、ごめん、ごめん。困らせてごめん。胸の中で繰り返しながら、何食わぬ顔でコートに腕を通す。母さんの車の助手席に乗り込み、玻璃には後部座席をすすめる。

タイムリミットぎりぎりまで引き止めたのはわざとだ。母さんの車で送って行くのも計画通り。俺は父親を疑うあまり、玻璃の帰りを意図的に遅らせたのだ。

「シートベルトした？　ぶっ飛ばすわよ！」

「飛ばすな！　安全運転で！　玻璃がいるんだぞ！」

気まずさを隠して振り向き、玻璃の方を見る。玻璃は眉《まゆ》をハの字にしたまま黙っている。本当に困っているようだった。これ以上口を開けば、ごめん、と言ってしまいそうだった。

俺たちを乗せて車は走り出す。

二人で歩いた道をしばらく進み、あの日別れた十字路も通り過ぎる。畑に両側を挟まれた道はすれ違いも厳しいほど細く、寂しく、真っ暗だった。

そのとき、

「あ！　前にいるの、父の車です」

前方のテールランプを指さして、玻璃が声を上げた。

「ほんと？」

「はい。ナンバーが」

「あら。気が付くかな」

母さんがパッシングしても、前を行く車のスピードが緩むことはなかった。しかし玻璃が窓を開け、顔を出して手を振ると、

「あ、あ、あら……きゃあ！」

あまりにも唐突な急ブレーキで前の車が停まる。道路が悪くてスピードはさほど出ていなかったが、それでも危うく追突しかけた。しかもなぜかバックしてきて、そのままうちの車にどんどん近づいてくる。それも結構な勢いで、母さんは「え、え、え！」と焦りながら、こっちも車をバックさせるしかない。そうしなければぶつけられると、免許のない俺も思った。

よくわからない動きの後、やっと玻璃の父親の車は停まった。玻璃は後部座席から降りて、小走りに近づいていきながら「お父さん！」と声をかけた。

降りてきたのは、

「玻璃」

ごく普通の、中年の男だった。中肉中背というやつ。本当に、どこにでもいそうな普通の大人。

「なんで？」

「あの、今、送ってもらって、」

「は？　誰に？」

「が、学校の先輩に……ちょっと、相談とか」

「相談？　なにを？　今まで？　どこで？」

「ちょっと、べ、勉強のこと。でもあの、もう大丈夫だから。帰ろ」

「どうもすいませーん！　初めまして、濱田と申しますー！」

母さんはシートベルトを外して素早く車から降り、玻璃の父親に頭を下げた。

「お話ししていたら遅くなってしまったので、ここまで送ってきたんですー。お嬢さんをお引止めしてしまって、申し訳ありませんでした」

俺も助手席から降り、同じように頭を下げる。

「……濱田清澄です。同じ学校の三年です」

「……」

玻璃の父親はなにも言わず、母さんを見て、そして俺を見た。なにを考えているのかまったくわからない。思えば、大人の男という存在は、俺にはそもそもよくわからないのだ。それも先生とか親戚《しんせき》とかでもなく、向こうから俺に関わろうとする意図もない、要するに他人ならばなおさら。

本当にこういう人が「普通」なのかすら、実は俺にはわかっていないのかもしれない。でも、普通としか表現のしようがない。なんの特徴もないのだ。白いシャツの袖をまくってスラックスを履き、髪は短く、眼鏡をかけている。誰にでも似ているし、誰とも似ていない。似顔絵を描けと言われたら一番困るタイプの顔立ち。多分、会社に勤めているんだろう。普通に。

「そうですか。玻璃が、お世話になりました」

だが、急ににっこりと笑顔になったその無表情から笑顔までの速度が、ちょっと他に見たことないほど早いとは思った。内心ぎょっとしてしまったのは、疑念ゆえの過剰反応だろうか。

そして笑顔から無表情に戻るまでの速度も早い。唐突に顔を平板にして、

「行くぞ」

玻璃の父親はこちらに背を向けて車に戻っていこうとする。しかしなぜか母さんはしつこくまた声をかけた。

「あのー、おばあさまとご同居されてるそうですね？　ひょっとして、介護なさってるんですか？　だとしたら毎日大変でいらっしゃるんじゃ？」

職業柄の質問だろうか、と俺は思ったが、

「はあ？」

玻璃の父親はどう思ったのだろう。怪訝《けげん》そうに母さんを見て、しかしまた素早く笑顔になって、ゆっくりと玻璃の顔に視線だけを向ける。玻璃は黙って、父親の顔を見つめ返す。

「なに？　玻璃がなんか言ったの？」

「あ、え、」

「言ったんだろ。うちのこと」

「なんにも、違うよ、なんにも……ねえ私帰りたい。お父さん、早く帰ろう」

母さんは「いいえぇ！」と大げさな仕草で両手を顔の前で振り、いかにもおばさんっぽく背中を丸め、玻璃と玻璃の父親にもう一歩近づいた。

「玻璃ちゃんからなにか聞いたわけじゃないんです。ただ、ご苦労されてるんじゃないかなって思って。だってお仕事もされておうちのこともされて、さらにその上に介護もじゃ、すごくお忙しいでしょう？　私のお友達でも、そういう状況で困ってる人だ結構いるんですよ。段々そういう年代になってきたのかしら」

「……介護とかではないんですよ。お気遣いなく」

「あ、他に看《み》る方が？」

「いいえ。私どもだけですが大丈夫なので」

「そうですか、それならよかった。おばあさま、お元気でいらっしゃるんですね。じゃあ、まだまだ現役で家事なんかもされて？」

「うちにはいないんです」

(いない!?)

驚いて目を見開いた俺の顔を、玻璃は見た。視線が合ってしまった。俺と玻璃の間に存在する空気が、一瞬にして凍ったみたいな気がした。原子すら、時間すら、すべての動きが止まる。静止して次々に落ちてゆく。これまで温かく通い合っていたはずのなにもかも、すべてが、この瞬間に死に絶えたようになる。

なにも言えずに黙っている俺を置き去りに、なぜか母さんは、この話題に食いついて離れようとしない。

「あら、じゃあどこか施設にいらっしゃるんですか?」

「ええまあ。義理の母なんですがもう高齢で、身体《からだ》を悪くしましてね。ずっと入院しているんですよ。なので私のすることは、まあ男手ではなかなか、もう見舞いに行くぐらいですね」

「そうだったんですか。この辺りでご高齢の方だと、市立か済世園かしら? 県立とか、大野田の養老だとかなり遠いですよねえ。それともどちらか他に?」

「市立ですよ」

「——お父さん帰ろう!」

玻璃が、振りかぶるように叫んだ。引き攣《つ》った顔で父親の腕を掴み、車の方に体重をかけて引っ張り始める。無邪気にやるならかわいい仕草だが、でも、同じことを「嘘《うそ》つき」がやるならどうだろう。

俺は、母さんが「まあ偶然。私、市立に勤めてるんですよ」などとさらに話を続けるつもりなのかと思った。しかしそんな俺の予想に反して、母さんはあくまでも普通に世

間話のトーンのまま、

「いやだ、私ったら話し好きなもので、またお引止めしちゃってごめんなさいね。それじゃ失礼いたします」

にこやかに頭を下げた。

玻璃はもう振り返らず、父親だけが「では」と笑顔で小さく頭を下げ返し、二人は車に乗り込んでいった。テールランプが遠ざかる。

俺と母さんも車に戻り、しばらく道の先をぼんやり見ていた。真っ暗な、深い闇《やみ》に続くこの道。巨大な蓋《ふた》に覆《おお》われたみたいな夜空。

「……ねえねえ清澄」

母さんはなかなかハンドルに手をかけはしないまま、まだ混乱している俺に声をかけてきた。

「うん？」

「あれ、嘘よ」

「……うん。玻璃の奴《やつ》、なんで俺におばあさんは家にいるなんて言ったんだろう」

父親と二人で暮らしていることを、隠そうとする理由はなんなんだ。つまり、俺の疑念は確信にしていいということなのか。

「違うよ。そうじゃなくて。あのお父さん、病院で見かけたことなんかない」

硬い横顔で、母さんは言う。

「それは、つまり……見舞いになんか行ってないってこと？　本当は薄情な奴だ、って？」

「あのね。私は市立に十年以上も勤めてるし、病棟で役職にもついてる。入院患者さんのことなら科に関わらず把握してる」

母さんの声は低く、それは誰に聞かせる当てもない独り言のようだった。でも助手席で、俺が聞いている。

「うちに入院してるお年寄りのご家族なら、この頭にちゃんと入ってる。どこどこに娘さんがいて、息子さんはどこどこの誰。お嫁さんは誰で、お孫さんは何人で、よく来るあの人はどこそこの誰々。こっちはそれも仕事のうちなんだから。お見舞いにくる義理の息子なんか多くはいないし、いたら覚えてないわけない」

「……どういう意味？」

ゆっくりと、母さんは俺の方を見て言った。

「入院してるおばあさんなんて、存在してないの。少なくとも、あの人が言った市立病院には」

「え——」

待て。わからない。存在してない？　つまり——意味がわからない。俺はなにも言えなくなって、ぼんやりと母さんの方を見た。母さんも俺を見ていた。

玻璃が最後に見せた、あの引き攣った顔。怯《おび》えるような表情。玻璃は俺の目を見なかった。もう二度と見ないのかもしれない。なぜかそんな気までする。嫌な鼓動が止まらない。

（玻璃は、母さんがナースだって知ってるんだっけ。市立に勤めてるって、俺、話したっけ）

頭が痺《しび》れたようになって、考えがまとまらない。息が苦しい。

（玻璃は、俺が、父親の嘘にも気が付いたってことに、気が付いた……かも）

母さんがとどめのように呟《つぶや》く。

「変よ、あそこのうち。なんでそんな嘘をつくの。ごまかすとか伏せるとかならまだしも、あんなにしれっと、真っ赤な作り事が口から出てくるってなに？　なんか怖いわよ」

怖い、か。そうかも。怖いかも、しれない。

俺はなにも言えないまま、そのうち母さんも言葉少なくなって、やがて車内は沈黙で満たされた。

方向転換して、夜の道を家へと戻る。俺の中では、踏み込み過ぎたという実感がどんどん確かになっていく。俺は今夜、玻璃が思い描いたヒーローの範囲を逸脱してしまった。玻璃が信じたものではなくなってしまった。

思考は重く、冷たく、腹の底にどんどん落ちてたまってくる。喉元《のどもと》まで苦しくせり上がってくる。

飢えたシマウマに、俺は肉を差し出したのだ。

シマウマは肉を食べないのに。たとえ飢えて死んだって、肉なんかいらないのに。草だよ、と騙して肉を食わせるような真似《まね》を、俺はした。

俺のことを信じているのを利用して。玻璃のためになにかしたいという、俺の都合を満たすために。そして玻璃は、そんな俺の傲慢《ごうまん》な素顔に気が付いたのだろう。

頬を触る指は冷たい。変身しそびれた。マスクは落ちた。

なぜか、一人で繰り返し往復した学校の階段を思い出す。今とは全然関係ない状況のはずなのに、あの時の胸に鉛を飲んだような感触がありありと蘇《よみがえ》ってくる。

わかるのはただ一つだけ。俺は見た。シートに背を埋《うず》め、両手で素顔を覆う。変身なんかできないまま、無力な人間のままなのに。

――本当に、玻璃のUFOを見てしまった。

車が停まる。うちについたのか、それとも信号が赤になったのか、俺にはもう区別すらつかない。

7

次の日、いくら待っても交差点に玻璃は現れなかった。

遅刻寸前で仕方なく校舎に駆け込み、玻璃の下駄箱《げたばこ》を見ると、すでにローファーは納められていた。俺より先に登校したのか、気がつかないうちに背後をすり抜けていったのか。

昼休みにも一年の教室を覗《のぞ》いてみたが、玻璃はいなかった。尾崎の妹を捕まえて聞いても、「え、蔵本？　いない？　知らないっす」居場所はわからなかった。

帰りも俺より先だったらしい。上履きはいたずらされていなくて、俺はそのまま家に帰るしかなかった。

そんな日々が続いて、いつしか、俺は玻璃とまったく話をすることができなくなっていた。なにを話したいのか自分でもわからないが、でも、なにか話さなくてはいけない気がする。ただ、話し始めれば、玻璃が触れてほしくないであろうところに触れずにはいられない予感もする。

そこに触れなくては、俺と玻璃はもうどうにもならない。どこにもいけない。一緒にいることすらできない。

玻璃の空のUFOは、いまや、俺の空にも浮いていた。「玻璃の」だったUFOは、「俺たちの」UFOになってしまった。

そいつは空から俺たちを攻撃してくる。絶え間なく痛みを注ぎ、暗い影を落とし、自由を奪い、時を止め、すべてを冷たく凍らせる。天から降ってくるシュールな投網《とあみ》みたいに、この身体《からだ》を捕えて逃がしてくれない。目には見えないけど消えもしない。撃ち落とすまでは、ずっとそこにある。空の蓋《ふた》みたいに、光を遮り続ける。

玻璃の姿を見られた日もあった。

授業の間の休み時間に一年生の教室まで行くと、玻璃は自分の席に座っていた。声をかけあぐねていると、尾崎の妹が「ヒマセンだよ。呼んでるよ」と玻璃に声をかけてくれた。しかし玻璃は、

「……」

戸口に立つ俺のことも、尾崎の妹のことも、完全に無視した。なにも見えない聞こえないふりで、ぼんやりと自分の手元へ視線を落とし続けていた。

髪を綺麗《きれい》にすることももうやめてしまったらしい。やせた背中を丸め、誰にも顔を見

られないように髪を長く前に垂らし、玻璃は深く俯《うつむ》いたままぴくりとも動かなかった。息すら止めているようだった。そうやって、死体のフリを決め込んでいた。

ここまでわかりやすく無視の意志を見せられてしまうと、なにをどうしても今は無駄だと思えてしまった。目の前までいって机を揺すっても、「おい！」とか言って顎《あご》を摑《つか》んで上げさせても、玻璃は俺を見ないだろう。

尾崎の妹は当然、気を悪くしたようだった。

「は。まじ。ありえない」

「……俺が悪いんだ。いいよ、また今度」

尾崎の妹には礼を言って、また一人で自分の教室に戻っていくしかなかった。廊下をいく足は妙にふわふわとして、悪夢の中を歩いているようだった。光を奪われて世界はひどく暗かった。

その日を過ぎた頃から、妹になにか聞いたのか、尾崎はすこし優しかった。「飴《あめ》。」もくれたし、「ガム。」もくれたし、「ていうか、」髪をかきあげ、「おまえ、」ちょっと微笑《ほほえ》み、「ふられた？」直球も投げてきた。田丸が「そこやめたげてー！」と喚《わめ》きながら尾崎を押しのけて、俺はどういう顔をしていいかわからないまま、とりあえず「ははは！」と声だけ上げた。

そんな毎日が積み重なっていった。

天気はずっとよくなかった。雪もすこし降ったが、景色を変えるほどではなかった。

やがて学校は期末試験に突入した。

俺たち三年生の大半にとっては、もはや期末の成績などどうでもいい。推薦に関わる連中を除いては、みんな受験勉強の方を粛々と続けていた。俺も傍から見れば、みんなと同じに見えただろう。年明けに大学受験本番を控えて、三年生は本気の追い込みの真っ最中。かのヒマセンですら、一年生のことなんかにはもう関わっていられないようだ、と。赤本や参考書とにらめっこして、俺は毎日毎日休む間もなくシャーペンをノートに走らせていた。

でも実際は、ＵＦＯの影の中に囚《とら》われて、息すらまともにできなかった。心がどこにあるのか、自分でもわからないのだ。俺という人間の中身だけがどこかにさらわれてしまったようだった。

来年のことなど、というかこの先のことなど、俺にはもうなんにも想像することができない。ビジョンがなにも見えない。前が見えない。自分のことなんか、全然なんにも見えない。

期末試験の後には答案返却日があった。

朝、俺は玻璃よりも早く登校して、彼女の下駄箱に紙袋を入れておいた。中身はおはぎだ。靴を置くところに食べ物なんて嫌かもしれないが、こうでもしなければ渡せないのだから仕方ない。玻璃はあれからずっと俺を避け、無視し続けていた。明日はもう終業式だ。

そのおはぎは、クリーニング屋のおばちゃんが「あの子に渡してね」と俺に預けてくれたものだった。先日の分が玻璃の口に入らなかったと知って、手間だろうに、おばちゃんはもう一度作ってくれたのだ。用意してくれた紙袋はずっしりと重たかった。ここしばらくの俺と玻璃のことを、もちろんおばちゃんが知るわけもなかった。

母さんは、俺の様子からだいたいの事態を察しているようだった。でも特に玻璃に関することはなにも言ってこなかった。ただ一つ、玻璃の父親がおばあさんについて語ったことだけは、

「確かめたよ。うちの病院にいるっていうあれ、やっぱり嘘《うそ》だった」

と、短く報告してきた。「どうしたらいい?」と俺が訊《き》くと、「あんたは勉強に集中しなさい。今は」と答えた。でも今じゃない時まで置いておくことなんてできない。俺は今も、機を窺《うかが》っている。ずっと玻璃のことを考えているし、最善の策を求めている。どの瞬間も、すべて。でもまだなにもできない。時だけがこうして過ぎていく。

答案返却が終わって、田丸とともに騒々しい教室を出た。

「ヒマセーン!　ばいばーい!」

一緒に帰る約束でもしていたのか、尾崎姉妹が揃《そろ》って俺たちを追い抜いていく。と、姉の方が急になにか思い出したように振り返って、髪をまとめるクリップで田丸の腹をズン！　と刺した。

「ぎゃあ！　いってえな⁉」

「仕返し。こないだ。突き飛ばされたから」

けたたけたけた！　と悪魔みたいな甲高い笑い声を上げて尾崎は逃げる。田丸は猛然と「ざっけんじゃねえ！」逃げる尾崎を追いかけていき、俺も顔だけは笑いに近い形にしながらその後を追った。ふと気づくと、隣には妹の方がにこにこしながらくっついてきていた。

「ねーねーヒマセン、冬休みは？　なにするの？　イブとかは？　あたし、ひまー」

「俺は暇じゃねえよ。受験生なんだから勉強するに決まってんだろ。クリスマスも正月も関係ねえ」

「超つまんなーい。つか、暇じゃないなら、ヒマセンじゃない！　はませんだ」

「とりあえず短縮すればいいと思ってるだろ」

「っす！」

やたら嬉《うれ》しそうに弾む足取りで俺と足並みを揃え、階段を下りていく。えくぼの深い笑顔で俺の顔を覗き込み、おもむろに、「どーぞ」と棒付きの飴もくれた。姉の方と同じく、俺を元気づけようとしてくれているのかもしれない。

「サンキュー。そういえば、こないだ姉ちゃんの方からも飴もらったよ」

「味は？」

「えーと……なんだったっけ。ぶどうかな？　多分。フルーツっぽいやつ、紫の」

「ぶどうだ。私の飴はね、いちごキャラメル味」

「へえ、主力級の合体作じゃん。うまそうだな、後で食うよ」

「うまいってば。絶対。ぶどうより。まじ、甘い。だって、」

　その言葉の続きは不意に途切れる。どうしたのかと見やれば、尾崎の妹は急に視線を遠くに向け、「蔵本」と呟《つぶや》いた。

　視線を辿《たど》ると、俺のクラスの下駄箱の前に玻璃がいた。先に行っていた姉の方と田丸も、立ち止まって玻璃を見ていた。

「……玻璃」

　玻璃は爪先立《つまさきだ》ちして、結構な重さのおはぎの紙袋を、一番上の段にある俺の下駄箱に入れようとしていた。見ている俺たちに気が付いたのか、その手が止まる。顔を覆《おお》う前髪の下で、戸惑ったように目が揺れて光るのを見た気がした。

　ほんの数秒、玻璃は凍りついたように動きを止めて、

「……」

紙袋をどさっと足元の簀子《すのこ》に置いた。

そのまま走って逃げていこうとするが、「玻璃!」俺は紙袋を掴み、玻璃の後を追いかけた。すぐに追いついて正面に回り込み、

「これは、もらってくれよ」

紙袋を差し出す。

「おばちゃんが、おまえにどうしてもおはぎ食わせたいってわざわざ作ってくれたんだから」

「……」

「おばちゃんとおまえの間のことに、俺は関係ないだろ? 俺はただ頼まれて届けただけだよ」

「……」

「これをそのまま返されたら、俺、おばちゃんになんて言えばいいんだよ?」

「……そんなの」

俺の目を見ないまま、玻璃は低く呟いた。耳を澄まさなければなにを言っているかもわからない、小さな声。でも、俺には聞こえていた。

「死んだって言えばいいじゃないですか」

「……は?」

「先輩も、そう思ってください。もう関わりたくないんです」

玻璃の目が、髪の下でゆっくりと見開かれる。

「話しかけてきたり。待ってられたり。……本当に嫌だった。もうやめて」

黒い瞳《ひとみ》が影の中で光っている。どこも見ないようにゆらゆらしながら、ただ、大きく開かれたままでいる。

「迷惑だし、気持ち悪いんです。私は先輩が大っ嫌いです。いなくなって下さい。私の目の前から消えて下さい。視界に入らないで下さい。存在しないで下さい。どこか見えないところにいって下さい。永遠に、二度と、現れないで。全部忘れていなくなって。この世界から消えてよ。消えちゃえ」

限界まで見開かれた目が、急にぎゅっと閉じられるのを俺は見ていた。

「……先輩がいると、死にたくなるんですよ。私」

そしてもう一度見開かれて、玻璃は、やっと俺を見た。

俺がそんな言葉をそのまま真に受けて信じるなんて、玻璃だってまさか思ってはいないだろう。でも、うまく声が出せない。喉《のど》が詰まって言葉が出ない。信じなくても、ショックはあった。これまで避けられ続けていた日々の分の重みも乗せたパンチを、腹にずっしり食らったようだった。こんなにも打たれ弱い自分が情けなかった。

それでも絞り出すように、

「……なんでもいいよ。俺のことなんか。でもこれは、持っていってくれ。頼むよ」

それだけ言うが、唇が震えてしまう。どこまでも俺は弱々しくて、本当に自分が嫌になる。手も震えるが、なんとか玻璃の方に紙袋を差し出し続ける。これは玻璃、おまえのだよ。おまえが好きなものを食べるところをずっと見ていたい人が、おまえを想《おも》いながら作ったんだよ。おまえが受け取るべきものだよ。

そんな気持ちが通じないような玻璃ではないことを、俺はもちろん知っている。だからこそこれだけ強く拒絶されても、諦《あきら》めきれなくてもう一歩、玻璃の方に近づいた。

でも、

「……ああああああああああああああああああああああああああああああああああ！」

玻璃は、

「ああああああああああああ！　あああああああああああああああああああああ！ああああああああああああああああああああああああああああああっっっ！」

絶叫しながら紙袋を払いのけた。紙袋は音を立てて床に落ち、横倒しになった。

通りすがる他の生徒たちがぎょっとした顔で玻璃を見る。なになに、と集まってくる奴《やつ》もいた。玻璃はまだ叫んでいた。あ、の形に口を開いて背中をくねらせ、叫び、何度も叫び、目を見開いて、立ち竦《すく》む俺を見て、髪をかきむしり、顔をかきむしり、

「玻璃！」

伸ばしかけた俺の手を全力で振り払う。俺を突き飛ばし、そのまま背を向け、玄関から外へ走り出ていく。よろめきながら体勢を立て直し、俺は後を追おうとしたが、

「追いかけんな清澄！」

田丸が俺を後ろから羽交《はが》い絞《じ》めするように押さえこんでいた。

「離せ！」

「あんなのもう放っておけ！」

田丸の力は強く、振りほどこうとしてもビクともしない。もがいてもまた掴まれ、引き戻され、そのまま荒っぽい揉《も》み合いになって、それでも行かせてはくれない。引っ掴まれたコートの襟《えり》で首が締まり、息さえまともにできなくなる。

「なにしてんだよ蔵本!?」

叫んだのは尾崎の妹だった。真っ赤にした頬に涙がこぼれていた。どんどん遠ざかる玻璃の背中に向かって顔をくしゃくしゃにして、駄々をこねるように地団太を踏む。身をよじり、背を丸め、毒を飲んで苦しがっているかのように、

「じゃあおまえなんか勝手に死んでろよ!?」

吐き出し、すぐに、

「……違う、違う、違う違う違う違う違うよ違う、嘘だよ！　今のは嘘！　どうしよう……！」

顔を覆ってその場にしゃがみこんでしまった。かすれた泣き声を跳ね上げながら喚き、振り上げた握り拳《こぶし》で床を何度も叩《たた》く。

「なんでだよ蔵本、なんで⁉ なんでまた⁉」

痺《しび》れたように真っ白くなった頭の片隅で、ふと思った。かつて玻璃の制服を払ってやろうとして、突き飛ばされて泣いた女子というのは、この子のことだったのかもしれない。この子ならあり得る。

「あんたのこと、ちょっとはわかったかもって思ったのに……！」

この泣き声は玻璃にも聞こえただろうか。

田丸は俺の顔を見て、ごめん、と呟いた。俺はまだなにも言えないでいる。「まーたあいつが騒ぎ起こしてんの」と、誰かの声が聞こえた。玻璃のことを言ったんだろうと思ったが、もしかしたら俺のことだったかもしれない。その可能性も拭《ぬぐ》い切れない。

尾崎の妹は泣きながら、傍らにしゃがみこんだ姉にしがみついていた。

「お姉ちゃん！ 私、ばかなのかなあ……⁉」

尾崎は妹の背中を撫《な》でながら、「ばかなのは、あんたじゃない」と言った。そして「だよね」と、俺の方を見た。

俺はそれに答えられないまま、玻璃に振り払われたおはぎの紙袋を拾い上げた。どうしていいかすこし迷うが、

「これ、おはぎなんだけど。……よかったら、食ってくれないか？」

尾崎の姉の方に差し出してみた。おばちゃんには申し訳なかったが、このまま持って帰って、おばちゃんの店の前を通って、渡せなかった紙袋を見られたくなかったのだ。また玻璃の口には入らなかったと報告するのが嫌だった。

「もらう」

尾崎はおはぎを受け取ってくれた。そして妹に「立て。とりあえず」と声をかけて、その身体を支えてやりながら俺を改めて見つめる。

「ねえ、濱田」

綺麗に整えた弓型の眉《まゆ》。パールのリップで光る唇。なぜか偉そうな眼差《まなざ》し。いつもクールな尾崎。こいつは自分が言いたいことしか言わない。俺がひそかに憧《あこが》れていたのは、でも、随分昔の話だ。

「『あれ』に関わってるほど、濱田は暇じゃない。やることはもっと他にあるし、濱田を見ている人は他にもいる。濱田清澄は暇じゃない。私はそう思う」

「……おまえが俺にそんなに長く喋《しゃべ》ってくれるの、初めて聞いた気がするけど」

「そんだけ」

「そんだけかよ。ちなみにおはぎは今日中に食えよ。近所の人の手作りだから」

「うん」

「涼しいところに置くように」

「わかった」

尾崎はまだ泣いている妹を腕にぶら下げたまま、さらさらの長い髪を揺らして玄関から先に出て行った。田丸は改めて申し訳なさそうに、両手を合わせて俺の顔を見る。

「清澄、まじでごめん、本当に……でもさ、俺、だって、どうしても……」

「もういいよ」

「だ、だってさあ、おまえのことあんなふうに言うから……なんだよあれ⁉　あんなの、あんまりじゃねえか⁉　頭おかしいにも限度ってあんだろ⁉　よりによっておまえに対して、あんな言い方って……今までどんだけおまえが、おまえが必死に、」

話しながらテンションが上がってきて、田丸の声はひっくり返っていた。その肩を、ちょっと力を入れて叩いた。

「いいって。なあ、なんかちょっと食って帰ろうぜ。気分転換、ていうか期末の打ち上げ」

できるだけ声に元気を込めて言う。この元気は俺のためじゃなくて、今にも泣き出しそうな目になってしまった田丸のためだった。

「な！　どうよ？」

田丸はすこし俯いていたが、やがてその顔を上げてくれた。

「……おう。いくか。シェイク飲むぜ」

「俺も飲むぜ。予備校の時間は大丈夫か？」

「あー、まあちょっとぐらい今日は遅れてもいいわ。だって打ち上げだからな」

空元気を二人してブチ上げて、拳と拳を軽く合わせる。

友達と笑いあいながら学校の門を出ても、でも、俺の頭上の影は消えない。

「俺たちのＵＦＯは、こんなやり方でも、俺たちを痛めつけることができる。

シェイクとハンバーガーでの打ち上げを終え、予備校へ向かう田丸とは駅前で別れた。俺はでも、まっすぐ家には向かわなかった。


午後二時半。

玻璃の家があるという雑木林と沼地の方へ、俺は寂しい道をひたすら歩き続けていた。二人で歩いて別れた十字路を過ぎて、母さんの車で通った道をさらに進み、玻璃の父親が現れた地点も行き過ぎる。

左右が畑になっている道はさらに狭くなっていき、やがて両側の畑も荒れ果てた耕作放棄地だらけになって、風景はあまりにも荒涼としていた。近所の人しかこんなところは通らないだろうし、通るとしても車だろうし、歩いている人なんか俺以外には誰もいない。

時折、ぽつりぽつりと家があった。どれも庭のない、シンプルな今時の建売住宅だった。家と家の間はかなり離れていて遠い。びっくりするほど背の高い、枯れた雑草が平気でそこらに放っておかれていて、このあたりには草取りする人もいないようだった。

家を見かけるたびに表札を確かめたが、どれも蔵本家ではなかった。蔵本家ではないことを残念に思いながら、同時にどこか安心している自分もいた。

玻璃の家まで押しかけてなにをする気なのか、なにを言う気なのか、自分でもよくわからないのだ。わからないまま、俺はなにかに導かれるように、夢中でここまでやってきてしまった。

（……とにかく、このままじゃいられない。どうしても）

突き動かされるように、足を動かし続ける。真冬の昼間は短くて、もう陽射《ひざ》しが黄色く傾いている。乾いた風が吹き荒れて、道の果てに見える黒っぽい雑木林の輪郭が揺れ、巨大な生き物みたいにぶるぶると蠢《うごめ》いて見える。

蔵本家は、寂しい住宅地の最も奥まったところにあった。これまでに見かけた建売住宅と外見はほとんど変わらない。沼を擁する雑木林のすぐ手前、生い茂る樹木の影の中に隠れたがっているように、ひっそりと立っている。表札は出ていなかったが、郵便受けに直接マジックみたいなもので「蔵本」と書いてあった。

ピンクともベージュともつかない曖昧《あいまい》な壁色の、箱型の簡素な家。見る限り、数少ない窓の雨戸は全部閉まっている。家の脇《わき》には小さなガレージがあるが、シャッターが下りていて、中に車があるかどうかはわからなかった。

恐る恐る、呼び鈴を押した。音符マークつきのボタンは妙に押し心地が軽かった。

家の中からはなんの音もしない。誰も出てこない。何度か押してみたが、結果は同じだった。玻璃は家にいないのだろうか。それともこの呼び鈴は壊れていて、音が鳴っていないのだろうか。

「玻璃!」

表から声をかけてみた。

「玻璃!　いないのか!?　玻璃!」

大きな声で呼びかけ、ドアも何度か叩いてみる。

こうしていると、あの凍りつくような寒い日のトイレでのことを自然と思い出してしまう。あの時も今と同じように、俺は何度もドアを叩きながら声を上げた。玻璃は返事をしてくれなくて、覗《のぞ》いてみるまでなにが起きているのかわからなかった。俺とドア一枚を隔てたところで、玻璃は泣きも喚きもせず、ただ一人で寒さに震えながら必死に声を押し殺していた。

一体いつまでああしているつもりだったんだろう。制服が乾いたら、改めて助けでも呼ぶつもりでいたんだろうか。

「玻璃！」

でも、今とあの時の状況はまったく同じというわけではない。さすがに自宅のドアに、外から南京錠《ナンキンじょう》をかける奴などいない。これだけ呼んでも反応がないのだから、玻璃は本当にいないのだろう。それで納得するしかない。

後ろ髪を引かれながら来た道を戻っていく。

(家に帰ってないなら、今どこにいるんだ？)

馬鹿《ばか》な俺は、玻璃がまたあのトイレに閉じ込められている姿を想像してしまっていた。まさかとは思うが、一度想像してしまったらかき消すことができなくて、足はトイレに向かっていた。

随分歩いて市営運動場に辿り着き、木立ちを抜け、公衆トイレに入る。女子トイレにはうちの学校の女子二人が洗面台にポーチを並べて騒がしく陣取っていて、さすがにまじまじと覗いたりはできなかった。男子トイレに行くふりで、横目で用具入れを見る。鍵《かぎ》なんかかかっていない。玻璃は閉じ込められていない。

まだ落ちつかない気分のまま、しかし他には探す場所も思いつかず、仕方なく帰り道についた。

歩きながら、考えてしまう。あの日、玻璃がトイレに閉じ込められていた時。鍵は用具入れに投げ込まれていた。明かりが消され、清掃中のコーンが立てられていても、うちの学校の連中が一人もトイレに行かなかったということはないだろう。多分何人かは状況を見て、使えないのか、と引き返したりしただろう。何時間ものあいだ、トイレにただの一人も来なかったわけがない。

玻璃は、声を上げればよかったのだ。「助けて！」と叫びさえすれば、誰か来たはず。そして鍵をドアの上か下の隙間《すきま》から渡し、開けてもらえば済んだ話だ。あれだけ大きな声が出るのだから、トイレの外にいる人を呼ぶこともできた。

あれをやった連中は多分、玻璃をなにも本気で何時間も閉じ込めて、凍死させようとしたわけじゃない。玻璃が泣いて叫んで助けを呼べばいいと思ったのだ。それで恥でもかかせれば、きっと満足したんだろう。閉じ込めたまま凍死させたかったのなら、鍵をわざわざ本人に渡す必要はない。どこかに捨ててしまえばいい。

でも玻璃は、助けを呼べなかった。玻璃のその機能は、壊されていた。あの時玻璃を閉じ込めた連中は誰もそれを知らなかった。

（……玻璃が助けを呼べないのは、ＵＦＯのせいだ）

自由を失《な》くして捕えられ、息を詰めて耐えることを強いられ、玻璃はいつしかそんな自分に慣れてしまった。

（俺を信じてくれたのは、俺がヒーローに見えたからだよな）

あの日、玻璃は俺に鍵を渡してくれた。ここから出たいと、意思表示をしてくれた。

俺にならなにかできると信じてくれたのだ。

（思い出せ）

両足を動かし続けながら、静かに息を詰める。

玻璃がなにを隠そうとしても、あの瞬間を——玻璃が俺に鍵を渡してくれた瞬間を、何度でも繰り返して思い出せ。

玻璃は、俺を信じた。

俺は、それが嬉しかった。

玻璃が信じてくれるなら、俺は変身もできると思った。玻璃が信じるものに俺はなれると思った。ていうか、なりたかった。なりたいんだ。今もなりたい。ただそれだけだ。

玻璃が呼ぶ声に応《こた》えたいんだよ。

（耳を澄ませ）

玻璃はきっと今もどこかに隠れて、俺を呼んでいる。

ちゃんと周波数を合わせて、探してチャンネルを開け。俺にだけは玻璃が呼ぶ声が必ず届く仕組みになっている。どれだけ玻璃がぶっ壊れても聞き取れる。玻璃と出会ってから、俺はそういう生き物に変わった。

冷える空に息を吐く。息は白く濁って目の前に広がり、歩き続ける俺の顔を覆う。右手はまだ、あの日に渡された鍵の重みを覚えている。

今、ここで立ち止まることもできるのかもしれない。でも、やっぱり俺はそれを選ばない。たったこれだけの身体で、玻璃の世界に踏み込むことをやめない。どれだけ拒絶されたっていい。俺は傷つかない。

風にかき消される白い吐息の向こうから、ＵＦＯが浮かぶ空を見上げた。

「……見てろ」

絶対に、撃ち落としてやる。

＊

翌日の終業式も、朝の交差点に玻璃は現れなかった。

特に驚きもしなかったが、玻璃の下駄箱を見るとまだローファーが入っていなかった。

終業式が終わってから、玻璃が今日は欠席していることを知った。

それを教えてくれたのは尾崎の妹だった。まだかわいそうに目を腫《は》らしていた。

体育館からそれぞれの教室に戻る生徒たちの渦から逃れて、階段の踊り場の隅。尾崎の妹は騒然とする生徒の群れの中から俺を見つけて、わざわざ追いかけ、声をかけてくれたのだ。

「昨日のことも。一応。担任に、言ったけど」

「担任はなんて言ってた？」

「悩んでた。ちなみに蔵本、病欠だって。でも、成績表とか。あるじゃん。渡したいから、蔵本んち、行ってみるって」

「そっか……」

「ちなみに、おはぎ。超うまかった」

「おお、それはよかった。結構量あったっぽいけど、全部食えた?」

「うん。大量。即太ったた。ていうか。あのね、ヒマセン。じゃないや、はません」

尾崎の妹は急に手を伸ばしてきて、俺の制服の校章に触った。

「予約したいの」

「ん? なにを?」

「これ。校章。蔵本じゃなくて、私にちょうだい。卒業のとき」

しばらく意味が分からなくて俺は首を傾《かし》げてしまったが、

「そんだけっす!」

短いスカートの裾《すそ》を翻《ひるがえ》し、尾崎の妹は先に階段を上がっていこうとする。しかし急にくるりと振り返って、

「忘れてた! 受験! がんばれ! ファイト!」

チアガールみたいにリズムをとって手を振ってくれた。「二年後! 同じとこ! 絶対いくし!」付け加えて笑う。そして今度こそ本当に、階段を先に上がっていく。

騒々しい教室に戻り、あえて尾崎ではない女子に「男の校章って欲しいもの？」と訊いてみた。「相手によるんじゃね」というのが答えだった。

「相手って、たとえば？」

「そんなの決まってんでしょ。好きな先輩だよ」

う、と息が詰まって、なにも言えなくなる。「なんなの？」と女子には訝《いぶか》しがられてしまった。

戸惑いとか、単純な嬉しさとか、驚きとか。あらゆる鮮やかな感情が、胸の奥で勢いよく解き放たれる。くらくらする。この色彩は全部、尾崎の妹が与えてくれたものだ。なんてパワーだろう。どうして彼女は俺なんかに、こんなに豊かなものをくれたのだろう。

でもそこからはあまりにも遠いところで、俺は愕然《がくぜん》としてもいた。

卒業とか、校章とか、来年とか、いやその前に受験とか——この先に必ず来るはずの未来の日々が、俺には来ない予感がしたのだ。

玻璃も、そこにはいないという気がした。

なぜかはわからない。でも、うまそうなバーガーを見てうまそうだと思うように、連なる方程式を見て難しそうだと思うように、湯気の上がるお茶を見て熱そうだと思うように、

(俺にはそれはない。玻璃にもそれはない)

はっきりと、そう感じていた。

「へい清澄、成績表交換しようぜ！　俺のも見せるからおまえのも見せろ！」

「……ああ、うん」

田丸に笑って返しながら、いつもつるんでいたこの友達のことすら、すでに懐《なつ》かしく感じ始めていることに気づく。一緒におっさんになろうぜと笑いあったのは、ついこの間のことなのに。どうしてこんなにも、終わる予感しかしないんだ。

「おっ、やった！　総合順位で清澄抜いた！　俺の勝ち！　っってもたった二人しか間にいねえけど」

「おおほんとだ、げー！　負けるとやっぱ悔しいもんだな。くっそ、中間までは俺の方が良かったのに」

「評定平均も微妙に俺が上！　いえー」

「あーあ、これが学校生活ラストの結果かよ」

「いやいや、まだまだ勝負はこれからっすよ。大学もあるし、就職もあるし、なんなら資格試験とかもさ」

「やすまらねえなあ」

交わしあう言葉が、全部もったいない。本当に言いたいのはこんなことじゃない気がする。限りあるこのひとときに、言うべきことはもっとあるはず。

「……なあ田丸」

「うん？」

「あのさ、俺」

「なによ」

「あのさ……」

焦《あせ》れば焦るほど、なにを言うべきなのかわからなくなってしまった。俺は親友の向かいに座ったまま、懐かしい笑顔を見つめたまま、うまく話し出すことがついにできなかった。

8

母さんは夕方、家を出る支度をしていた。今日はいわゆる準夜勤という時間帯での勤務で、帰りは深夜になる。

「もしかしたら二時過ぎるかも。夕飯の支度してあるし、ちゃんと温めて食べなさいよ。火の始末は気を付けてね。あと勉強もいいけど一時には寝ること。いいね？」

「はいはい。運転気をつけて。あと、明日のこと……」

「わかってる、もちろん。忘れてないよ。じゃあいってくるね」

「いってらっしゃい」

車のエンジン音がうちの前の通りを遠ざかっていく。

終業式を終えて家に帰るなり、俺は母さんに頼んで何度か学校に電話を入れてもらった。玻璃のクラスの担任に、保護者の立場から話をしてもらおうと思ったのだ。さすがに「あそこのお父さんは怪しい！」とは言えないだろうが、おばあさんの件で気になることがある、と大人の口で話をしてもらいたかった。そして担任には玻璃の家の状況を、しっかり確認してほしかった。

しかしタイミング悪く、担任はずっと席を外していた。もう学校を出て、蔵本家に向かっていたのかもしれない。戻り次第うちに連絡をくれるように伝言を頼んだが、結局、今もかかってきていない。母さんはまた明日、電話をかけてくれると言った。冬休みに入っても学校まるごとすぐに休暇に入るわけじゃないから、と。

一人になった静かな部屋で、俺は落ち着きなく赤本のページをぺらぺらとめくっていた。目は字をまったく追えていない。ただ指先で分厚い紙束を弾《はじ》いているだけ。

終業式が終わってすぐ、玻璃の担任を捕まえられればよかった。そうすれば俺が直接、玻璃の家の変さを話すこともできた。でもその時は会議が始まるとかで、教員室に入れなかった。

(玻璃の家、もう一回行ってみようか)

それだと担任と鉢合わせになってしまうか。玻璃が担任とじっくり語り合える機会を邪魔したくはない。

(でも、ちょっと頼りない先生ではあるんだよな)

玻璃の父親と担任が対決する場面を想像してみる。担任は、ちゃんとあの父親の妙な感じに気づいてくれるだろうか。母さんのように、勘を働かせて真実を見抜いてくれるだろうか。

考えれば考えるほど、担任におばあさんの情報を渡せなかったことが悔やまれる。決定的なミスをした気になる。頭の中には玻璃の後ろ姿だけが浮かぶ。小さな背中は暗い道を一人で歩いていって、俺からどんどん遠ざかってしまう。そのまま闇《やみ》に飲まれて見えなくなってしまう。

いきなり寒気がして、全身の毛が逆立った。学校で帰り際《ぎわ》に感じた、あのやたらとくっきりした嫌な予感もまた湧《わ》き上がる。吐きそうになる。

俺は、心を病んでしまったのだろうか。夜も眠れないし、勉強も上の空。このところ食欲もまったくない。玻璃の手首の指の跡を見てしまった時からずっとだ。

そして焦《あせ》ってばかり。でも明らかに空回り。玻璃を助けたい、とその決意ばかりは立派でも、結局なにもできていない。なにをしていても、こんなことをしている場合じゃないと思ってしまう。俺なんか生きている場合じゃない。

（……どうしよう。早く玻璃を助けないと……どうしよう、どうしよう……）

窓の外はもう真っ暗で、曇ったガラスに映る俺の顔はまるでゾンビ。うんざりして、空気を入れ替えようと窓を開けた。そのときだった。

窓の外の通りに、ぽつんと一人、立っている誰かの影を見つけた。いつかの朝、玻璃がいたような気がして目を凝らしたのと同じ場所だ。

まっ黒な影の頭は尖《とが》っている。目深《まぶか》にかぶったフードのシルエットだろうか。しかし顔はまったく見えない。その人物が誰なのか、男なのか女なのかさえここからではよくわからなかったが、

「……玻璃なのか⁉」

思い切って声をかけると、小さく頷《うなず》いた気がした。会えて嬉《うれ》しい、よりは、ずっと強くゾッとする。玻璃——身体《からだ》が自然に震え出す。そんなところでなにをしてる。一体いつからそこにいた。こんな暗い中、寒いところで、おまえはなにをしている。

「早く入って来い！」

窓枠から身を乗り出し、俺は夢中で叫んでいた。

「……先輩！」

「こっちに来い！」

答えた声はやっぱり玻璃だ。でもひどくかすれて、俺以上に激しく震えている。

「い、行きますから、ちょっと電気を、消しててくれませんか！」

「はあ⁉」

「お願いです！」

「……わかったから早く来い！」

意味はわからなかったが、とにかく玻璃の言う通りに家の明かりをすべて消して、玄

関のドアを開けた。

ドアの向こうの暗闇の中から、さらにまっ黒な影が現れる。

「……すいません。勉強で、忙しいのに……」

影は玻璃の声を出し、がちがちと歯の音を鳴らしている。

「いつからあそこにいたんだよ⁉」

「ちょ、ちょっと前です。あ……あの、昨日……あんなこと、私……ほんと、ほんとに、……許してなんかくれなくて、いい……嫌われても当然、だと……」

「そんなのどうでもいいから早く入れって！」

「……ど、どうしても、先輩に、い、言わなきゃいけないことがあって……」

玻璃の声を出す影は、なかなか玄関から家の中に上がろうとしない。そこに立ったまま何度か息を継ぎ、

「危険が、迫ってます」

そう言った。

「逃げて下さい。お母さんも」

「……は？」

「急にこんなこと言って、頭がおかしいと思われても、しょうがないです。でもほんとなんです。ここは危ない早く逃げて」

「危ないって、なにが」

「UFOです」

「……ゆー、ふぉー」

「そうです。攻撃を、開始しようとしています」

「……ちょっと待って。それさ。ごめん、言っちゃうけど」

すべての逡巡《しゅんじゅん》をかなぐり捨てて、俺はついにずっと思っていたことを口にした。

「おまえのお父さんのことだよな？」

玻璃はなにも答えなかった。否定も肯定もしないまま、まっ黒な闇の中に塗り付けられた影みたいになっている。ただ息だけを肩でしている。

「危険ってどういう意味だよ？　攻撃ってなに？」

「い、意味なんか、どうでもいい。とにかく逃げて下さい。私の言うことを信じて下さい。本当なんです。ここにいたら危険です」

「警察とかに、通報した方がいいって話？」

「それはいけません！」

突然悲鳴みたいに玻璃の声は甲高く響いた。

「ただ、ここから逃げてほしいんです！　その後のことは逃げてから考えて下さい。ところでお母さんはどこですか」

「仕事。朝方まで帰らないよ」

「そうですか……病院にいるなら、多分その方がいいです。帰って来ないでって、伝えられませんか。あ、電話……そうだ、電話して下さい、病院に」

「なんで嘘《うそ》ついた」

「電話はじゃあ、外からでもいいです、とにかく逃げて」

「なあ。なんで嘘ついたんだよ。おまえも。それから、おまえのお父さんも。うちの母さんが市立病院に勤めてるって知ってるよな。おばあさんは市立病院にいるなんて、調べればすぐわかる嘘じゃねえかよ」

「危険ですから。早く」

「それに昨日のあれとか、あの態度はなんだったんだよ。本気だったなんて思うわけねえだろ。言わされたのか？　おまえのお父さんが、俺にそう言えって命令したんじゃないか？　おまえを心配する人間から引き離そうとして」

「本当に危険なんです。お願い、とにかく逃げて。いいから早く、急いで」

「おまえが答えるのが先だよ！」

「逃げて！」

　バン！　と、玻璃は玄関の電気のスイッチをいきなり乱暴に叩《たた》いた。その音と荒っぽさ、そしていきなり明かりがついたことに驚いて、俺は一瞬目を閉じた。

そして、

「——は、」

目を開けて、

「父は、危険です！」

見た。

「逃げて下さい！　先輩とお母さんを狙《ねら》ってます！」

こんなにズタズタにされた女の子というものを、俺は、生まれて初めて見た。

「私のせいなんです！　ごめんなさい！　父に、先輩のお母さんが市立病院にお勤めしていることを言ってしまいました！　父は嘘がバレたのに気づいて、すごく混乱しています！　なにをするかわからないっていうか、あ、でも、」

「玻璃」

「私を見たら、だいたいは……わかりますよね……？」

「ちょっと、待ってくれよ……」

「私のことは心配しないで」

「……待ってってば……」

「自分でなんとかしますから」

「待てって……」

「先輩は逃げて」

「ちょっと、頼むから……っ！　待ってくれって！　言って、る、じゃ……」

手を伸ばし、フードを払い落とす。玻璃の頬に触れようとした。でも怖くなって、あと数センチのところで止めた。

止まってしまった俺の手を、玻璃は、自分の手で頬にくっつけてくれた。ぎゅっと強く押しつけられて、二人してしばし息を止めた。手の平で包んだ玻璃の頬は冷たくて、まるで死んでいるようだった。剥《む》き出しの頭蓋骨《ずがいこつ》を掴《つか》んだようだった。

なにをされたのか、訊《き》いてみるまでもない。

玻璃の指は何本か曲げられなくなって震えていて、顔の半分は、目蓋《まぶた》から頬まで大きく盛り上がるように腫《は》れてしまった。片目は開いていない。目の下は黒い隈取《くまど》りのように内出血を起こし、唇も裂けていびつに腫れて、息をするのもつらそうだった。顔の形状も肌の色も、元の玻璃から随分変わってしまった。長かった髪も、耳よりも上でざんばらに断ち切られて、切り損ねられたわずかな部分だけ筋のように長く残って胸の下で揺れている。鼻にも口にも耳たぶにも、擦って乾いた血がまだついている。

よくこんな身体で、あの道のりをここまで来られたと思う。見ればパジャマみたいな薄手のズボンで、裸足《はだし》にスリッパを履き、その上にフード付きのコートを着ただけだった。コートの前はちゃんとしまっていなくて、中にはキャミソールしか着ていない。見えた肌の部分は全部、切り傷やひっかき傷、内出血で覆《おお》われていた。その色彩はまるで花を束ねたみたいだった。青や赤、紫、黄色、ピンク、オレンジ、本当に色とりどりのたくさんの花で、玻璃は全身を覆われているようだった。

「……大丈夫か？」

訊いてすぐに、俺は馬鹿《ばか》だな、と思う。

「大丈夫なわけないよな。痛いだろ」

玻璃は黒くなって腫れた下唇を舐《な》め、俺の両手を頬に押し付けたまま、ゆっくりと頷いてみせる。こんなことになっても泣きもせず、不思議なほどに静かな目をして、俺をまっすぐに見つめている。

「俺が、代わってやれたらいいのに。おまえの痛いことや嫌なこと、俺が引き受けられるならいいのに。何倍増しで食らったっていいのに。……現実は、ままならねえな」

「そんなの、私が困ります」

玻璃の目の一番奥を覗《のぞ》き込みながら、俺は何度も深く呼吸を繰り返した。俺の呼吸に合わせて、不思議と玻璃の目の奥も収縮と拡大を繰り返すようだった。眼差《まなざ》しで息をしているようだった。思考のすべてを、玻璃に注ぐ。自分自身のことさえ忘れて、俺は全部を玻璃に注ぎ込む。そうだ。ショックを受けて、叫んだり泣いたり喚《わめ》いたりしている暇などない。

俺にはやることがある。

玻璃はかすかな笑いさえ顔の片側だけに浮かべて、静かに呟《つぶや》いた。

「父は、先輩とお母さんを、殺そうと考えているかもしれません」

「……まさか、って言いたいけど」

俺はもう、動揺もしなかった。そうだろうね、と頷いて返す。玻璃の父親のことはいまだになにも知らないが、自分の娘をここまで痛めつけられる奴《やつ》なら、俺と母さんを殺すぐらいのことも多分普通にできるんだろう。

「疑われないよう会社ではいつもどおりに仕事をして、その後に、先輩の家に向かうつもりのようです。住所を聞かれて、私、嘘を教えたんです。存在しない住所を」

玻璃がどうして母さんの仕事のことを話してしまったのか、そして住所を嘘とはいえ話してしまったのか。その答えはすべて玻璃の身体に残されていた。

「嘘ってばれたらやばそうだな」

「やばいですよ。ものすごく。ていうか、ばれます。本当の住所もいずればれます。だから逃げて欲しいんです。今すぐ」

「俺が逃げて、おまえはどうするんだよ」

「うちに戻ります。実は閉じ込められていたんです。またかよ、とか言わないで下さいね。部屋に外から鍵《かぎ》をかけられてたんです。でも先輩が昨日、うちに来てくれたのは知ってますよ。雨戸の隙間《すきま》から見てました。……嬉しかった。ありがとうございます。私、あんなにひどいこと言ったのに」

昨日のことが頭に浮かんで、

「中に入っていけばよかった」

出た言葉はそれだけだった。血反吐《ちへど》ごとその言葉をブチまけたい気分だった。無理矢理にでも入ればよかったのだ。ドアを壊して、窓を割って。俺はどうしてそうしなかったんだろう。どうして時間は巻き戻せないんだろう。どうして間に合わなかったんだろう。玻璃がこんな目に遭わされる前に、どうして救えなかったんだろう。

「いえ。入ってこなくて正解です。あの時、父もうちにいたんです。私がなかなか住所を言わないから、父は仮病で会社を休んでまで、私から先輩の情報を引き出そうとしてました。だから本当に入ってこなくてよかった。父は……私が先輩と縁を切ると約束したのに、うちに来たのを見て、怒り狂ってましたから。私はこのままうちに戻って、とりあえず、外には出てないふりをしてみます」

玻璃の考えにはなにも答えないまま、俺はなんとか冷静さを保とうとしていた。

「でも、どうやって外に出て、ここまで来たんだ？」

「窓から外の植木めがけて飛び降りました」

「自分で出られたのか。俺が、助けられなかったのに。で、おまえが俺と母さんを助けに来てくれたのか」

「はい」

「そうか――」

大きく頷いたふりで、突発的に限界を超えてこみあげてきた涙を肩で素早く拭《ふ》く。俺が泣いている場合じゃない。息を吸い、無理矢理に顔をくしゃくしゃにして笑顔を作り、

「――すっげえな！　超、つええじゃん！」

玻璃の頬を包む手にそっと柔らかく力を入れた。

「……へへへ……」

こんな状況だというのに、玻璃は嬉しそうに目を輝かせて、俺に顔を挟まれるままになっていた。

「助けにきてくれてありがとう。ほんとに、ありがとう」

「そんな……これまで先輩が私にしてくれたことに比べたら、なんでもありませんよ。そういうことなので、先輩、ここから早く逃げて下さい」

「でも思ったんだけどさ、俺、おまえを家に帰すわけにはいかない」

ぴくり、と腫れた目蓋の下で玻璃の目が動きを止める。

「帰せるわけがない」

え、と声には出さないまま、流血の跡がこびりついた唇が戦慄《わなな》く。

「おまえをもう、絶対に、誰にも傷つけさせたりしない」

「……私のうちに、これ以上関わってはいけません。先輩には未来があるんですから」

「ここからは俺がおまえを守る」

「先輩が私に同情してくれてるのはわかってます。でも、」

「同情じゃない」

「こんなひどい恰好《かっこう》で現れておいて、同情するななんて、言えるわけないのもわかってます。でも、」

「大事なだけだ」

「……先輩は、優しすぎるんです。だからそんなふうに、『かわいそう』な私を、放っておけなくて……でも置いて行ってください。お願いですから」

「おまえを置いて行くなら、どこも地獄だよ。どこもクソだ」

身を引こうとする玻璃の頬を、俺は離さなかった。痛くないように、でも強く手の平で挟んで包み込む。

「玻璃は、綺麗《きれい》だ」

ばかみたいな言い方だけど本気だった。最初は名前が綺麗だと思った。心の綺麗さにもすぐ気が付いた。それから表情や姿が綺麗だと思って、それから玻璃に関わるもの全部が綺麗に思えて、今ではずっと、玻璃を見ていたい。ただ、幸せに笑っていてほしい。

「……そんなわけ、ないです。先輩は、かわいそうな私に同情してるだけなんです。だって見て下さい。私はこんなです。こんなにも汚いんです」

「綺麗だよ」

「み、見えてますよね……？　もう、こんなふうになっちゃったんです。もう無理。もう頑張れない。私はもう、死んじゃった……」

「死んでない。絶対に」

喘《あえ》ぐように言葉を探す。玻璃は綺麗だ。玻璃は死んでいない。今の玻璃はまるで、そう、

「花束みたいだ」

俺は笑えているだろうか。笑えていたらいい。玻璃と出会えた喜びや嬉しさを、ちゃんと伝えられていたらいい。

「……は？」

「さっきからずっと、花のドレスを着てるみたいだなって思って見てた。ここも、ここも、全部」

指先で頬に触れる。目蓋に触れる。唇に触れる。首筋に触れる。鎖骨に触れる。痛くないように。ありったけの優しさを込めて。

「こんなに綺麗なものとは一生、もう二度と出会えないだろうな。ていうか出会えなく

ていい。全然いい。おまえだけでいい。おまえに出会えたことが、俺にとってはもうあり得ないぐらい、桁《けた》はずれの、最っ高の、超、超、超幸せな、大奇跡だ」

「……花？　ですか？　奇跡？」

頷いた。

「大！　奇跡」

「私が？」

「そうだよ」

「……それで、いいんですか……？」

「それじゃなきゃだめだ」

満開に咲き誇る花の嵐の中で、俺の世界の真ん中で、玻璃にはキラキラ輝いてほしい。眩《まぶ》しい光をたっぷり浴びて、目一杯輝いてほしい。

「だから、いいか」

玻璃の目の前で人差指を立ててみせる。まっすぐに天を指す。見てろ。挑むものへ、これが宣戦布告だ。

「俺たちはUFOを撃ち落とす。今から二人で撃ち落としにいく。木端微塵《こっぱみじん》に破壊してやる。俺たちは、ヒーローだ」

「……私も？」

「もちろん」

「……な、なれますかね……？　私なんかが」

「とっくになってんだろ」

「……戦う力が私にもあるって、先輩は、信じてくれるんですか」

「あったりまえ。信じてるに決まってる。だから俺たちは悪の敵を見逃さない。俺はおまえのために戦う。おまえは俺のために戦ってくれ。そして俺たちは絶対に……つづきはわかるよな」

「……私たちは、ヒーローは、」

玻璃も指で俺と同じように天を指す。

「ま……負けたり、しないっ！　ぜっっったいに！」

ずっとなんとか冷静を保っているように思えた玻璃が、突然、床に崩れ落ちた。玄関にうずくまって、空が破れて雨が大地に降り注ぐように泣き始める。その身体を抱き起し、膝《ひざ》に抱えて強く抱きしめると、俺の肩はすぐにびっしょり温かく濡《ぬ》れた。玻璃は泣きながら必死に語り始めようとしていた。おばあちゃんは、おばあちゃんは、と繰り返す頰に、俺も頰をくっつけて、一言たりとも聞き逃すまいとした。

玻璃の父親には、おばあさんが入院していると嘘をつく必要がある。

そしてその嘘がばれたら、嘘に気づいた俺と母さんを殺す必要がある。

つまり「おばあさんは今、入院している」という嘘は、玻璃の父親にとっての「弱味」だ。明かされては困る真実がそこに隠されている。

俺たちは、その弱味を暴《あば》く証拠を手に入れなくてはいけない。それがUFOを撃ち落とすために使える武器だった。

怪我《けが》を負った玻璃が「お父さんにやられた」と警察に駆け込めば、玻璃の父親は逮捕されるだろう。でも、それじゃだめなのだ。だめだと思う理由が俺にはあった。

のんびりしている暇はなくて、玻璃の話を聞き終わると、俺はすぐに考えを巡らせ始めた。時計を見ると、すでに五時を回っている。玻璃の父親はいつも七時前に会社を出る。そのまま玻璃が教えた住所へ向かい、やがて嘘だと気付くだろう。怒り狂ったUFOの攻撃がどこにどんな破壊をもたらすか、予見するのは難しい。

逃がしてはいけない。油断の隙をつかなくてはいけない。

玻璃の嘘がばれるまでが、タイムリミットだった。

＊

＊

連絡してから二十分もかからずに田丸はうちの前までやってきてくれた。

「さっぴーな！　あーくっそ、鼻水が止まんねー！」

メタルブルーに自分で塗装したヘルメットをかぶったまま、グローブの手で真っ赤になった鼻を押さえてグズグズ鳴らしている。

「悪い！　急にごめん、まじ助かった」

「気分転換になったしいいよ。でもなんで急にこんなもんがいるの？　真冬の夜にフロートなんて、一体なにすんだよ。意味不明すぎ」

「ポンプも忘れず持ってきてくれた？」

「おお、一緒に入ってる。ちょっと待って、紐解《ひもほど》くわ」

田丸はスタンドを蹴《け》り出して小さなバイクから降り、荷台にくくりつけたダンボールを手渡してくれた。

持ってきてもらった荷物は、ボート型のビニール製フロートだった。去年の夏、海に遊びに行くことになって、田丸と半額ずつ出し合って買った物だ。塩辛い波をかぶって大爆笑したあの夏休みの猛烈な太陽が、今は、前世の出来事みたいに遠く思える。

俺と玻璃には、水に浮いて乗り込めるものが必要だった。

田丸の家に置きっぱなしにしていたフロートのことをすぐに思い出したものの、電車で取りに行ったら往復で小一時間はかかってしまう。悩みながらもダメ元で電話をかけ、「フロートってまだ持ってるよな？　どうしても今すぐ必要なんだけど」と言ってみた。

田丸は「は？　なんで？」と理由をしつこく訊いてきたが、結局バイクでうちまで運んでくれることになった。ちょうど田丸の兄貴が車で出かけたところだったらしく、

「この隙にあんちゃんのモンキーこっそり拝借するわ。たまに乗らねえと乗り方忘れちゃうし」そう言って、本当にすぐに来てくれた。

「やっぱ早く車の免許欲しいよなあ、モンキー楽しいけど、まじ寒すぎる」

「受験終わったら即教習所だな」

「な。じゃあ俺、帰るわ。勝手に乗ったのバレたらぶっ殺される」

「気を付けろ、コカすなよ」

「んなヘタクソじゃねえ。でも、本当にフロートなんかなにに使うわけ？」

「今度説明する。悪い、今はこっちも時間ねえんだ」

「……もしかしてそれ、蔵本がらみじゃないよな」

玻璃は今、俺の部屋で待っている。窓から俺たちを見ているかもしれない。

「違うよ」

「もしそうなら、俺、協力したことかなり後悔だけど。もうあいつには関わんなよ」

「違うって」

「これ、まじだからな。蔵本玻璃は普通じゃねえ。いじめられてかわいそうだって俺も最初は思ったけど、それだけじゃなくて、なんていうか……それだけじゃすまないって気がすんだよ。あいつはなんか隠してる。下手に関わって、巻き込まれて、おまえが普通の道から外れたりしたらぜってえやだから」

「大丈夫だよ。そんなんじゃない」

「本当だな？　信じていいんだな？　俺ら、ダチだもんな？　おまえが俺に嘘なんかつくわけないよな？　そうだよな？」

「おお」

田丸はエンジンをかけないまま、頷く俺をまじまじと見返した。顎《あご》を上げて、遠いところから覗くような目をして、メットの下で眉《まゆ》をきつく寄せている。俺が嘘をついていることに、気づいているのかもしれない。

「清澄」

「ほんとに大丈夫だから。心配しないでくれ」

「……今ならまだ、戻れるぞ。線を引いた、あっち側とこっち側の、こっち側におまえはまだ戻れる。あっちには蔵本しかいねえ。わかってるか？　ちゃんと選んだか？　俺がいる方を選べよ。おまえがいなきゃ、俺、つまんねえ」

「あのさ、田丸」

「なに」

「ありがとう」

「……はあ？」

「友達でいてくれて嬉しいよ。ずっと言いたかった。ありがとうな」

「さ、酒でも飲んだ？」

「飲んでねえ」

「……疲れてる？」

「かもな。でもまじだよ。そしてごめん」

「おーい清澄くん……どうしちゃったの」

「次会った時、話すこと多分たくさんあると思うわ」

「次っていつ」

「いつでもいいよ。別に明日とかでも」

「じゃあ明日。電話するから」

「おお。気をつけてな！」

また明日。会えるといいよな。会えると思って笑っておく。

全力で、友達に大きく手を振った。モンキーのテールランプが遠ざかっていく。血の粒みたいな赤い点はすぐに見えなくなってしまった。

ダンボールを摑んでうちの中にとって返す。玻璃には俺のスウェットを着せ、ところどころ地肌が見えて寒そうな頭にも厚手のニットキャップを被《かぶ》らせた。全部済んだら必ず脱いでどこかに隠せと俺が言うと、玻璃は大きく頷いた。

二人して玄関から飛び出す。

原付の免許さえ俺にはない。玻璃に荷物を持たせ、自転車の二人乗りであの雑木林の闇を目指す。白い息を吐きながら、ひたすらペダルを漕《こ》ぐ。段差でタイヤが跳ねるたびに、玻璃はぎゅっと強く俺の胴体に摑まってきた。

「落とすなよ荷物！」

「うん！」

――玻璃の、おばあさんは。

玻璃が中学生になったばかりのある日。学校から家に帰ると、もう『静か』になっていて、スーツケースに詰められていたそうだ。

玻璃の父親は、気が付いたら死んでた、と言った。でも正式に死んだという形にはしたくない。年金も欲しいし、葬式も出したくない。だから、沼に捨てよう。そう言った。

玻璃はそれを手伝わされた。

父親と一緒に沼べりまで運んで、父親がゆっくりとまだ冷たい沼に入っていって、中ほどに突き出た岩の下にスーツケースを沈めるのを、玻璃は全部見ていた。戻るときに父親は沼の泥に足を取られ、危うく溺《おぼ》れそうになった。玻璃は必死に父親の手を引っ張って助けた。その少し前に母親は家を出てしまっていたから、父親まで死んだら本当に一人ぼっちになってしまうと思ったのだそうだ。助かった父親は玻璃を見て、

「これで完全に共犯だな」

と笑った。

それからもそれまでも、暴力はいつでも。気に食わないときも、気に入った時も。そうやって、とにかく目に入る世界の全部を自分がコントロールしたい。やりたいようにやる。言うことをきかせる。従わせる。それがあの男の生き方らしい。

孤独になるのが怖かった、と玻璃は言った。警察にばれたら共犯の自分も捕まる、それも怖かったけれど。でも一番は、孤独が嫌だった。

俺は玻璃に、孤独も悪くないということを教えてやった。

その時はきつくても、時間が経《た》てばいつか宝物になる。綺麗なものに形を変えて、手の中にちゃんと帰ってくる。

俺がそう言うと、玻璃は信じてくれた。俺を信じて、沼へ向かうことを決意してくれた。だから俺たちにはボートが必要だったのだ。

玻璃の父親がしたことは明らかに犯罪だ。だから告発して、罪に問う。それが俺たちの示したい正義で、UFOに対するただ一つの反撃の手段だった。

話を聞いて、すぐに通報するという選択肢もあった。なにもこんなふうに二人しておばあさんの遺体を引き上げにいかなくても、その方がずっと話が早いはずだった。

でもそうしたら父親に、玻璃がすべてを俺に明かしたことがばれてしまう。同じ理由で、玻璃が父親に暴行されたことを自ら告発するという手段もとれなかった。

俺は、父親が逮捕され、起訴され、裁判を受け、刑が確定し、しばらく刑に服して、世の中にまた戻ってくる――その後のことが怖かった。刑がどれほどの長さになるかわからないけれど、永遠ではないのは確かだ。親子である事実は変えられないし、居場所だって隠し通せないかもしれない。

玻璃に復讐《ふくしゅう》の矛先を向かわせないためには、「父親が捕まるなんて玻璃は望んでいなかったけれど、突発的な事態が起きて仕方なくこうなってしまった」というストーリーが必要だった。だから、「濱田清澄が偶然に死体を発見した」というシチュエーションを作らなければいけない。それはたとえばこんな感じだ。

蔵本玻璃に片想《かたおも》いしていた濱田清澄は、はっきり交際を断られた後もしつこかった。今夜も蔵本家の周りをうろついていて、やがて沼に「なにか」――なんでもいい、なにかの切れ端とか、ゴミとか、とにかくなにかが浮いているのを見つけた。なんだろう、もしかしてあの子の下着とかならラッキーだけど。そう思って、わざわざフロートで沼へ漕ぎ出し、それを拾うことにした。

そして、偶然、死体を発見してしまった。驚いて警察に通報した。

そういう筋書き。

「先輩！」

必死にペダルを漕ぐ自転車の後ろで玻璃が言う。

「この孤独が終わったら、一緒にいてくれますか⁉」

「おう！」

この先おまえの目が光に慣れて、そして俺を見た後になにを思うかはわからないけれど。それでも俺は、今の玻璃のために頷いた。この瞬間、背後で息づく玻璃のために。

「一緒にいるよ！　傍《そば》にいる！」

「よかった！　私、ずーっと先輩といたい！　一緒がいい！　先輩と一緒にいるのが、一番楽しい！　一番幸せ！　ところでクイズです！」

「いきなり始まったな！」

「ヒーローは、なにでできているでしょう⁉」

「成分の話？　タンパク質！」

「ぶー！　正解は、酸素です！　私にとって先輩は、澄んだ空気そのものです！　先輩の傍にいるだけでいいんです！　苦しみも悲しみも吐き出せるんです！　死んでた細胞も、いきなり元気に再生します！　そうやって何度でも、私は新しく蘇《よみがえ》れるんです！」

「なら俺たちは永久機関だ！　俺を生かすエネルギーは、おまえの幸せだから！」

「私たちはいつまでも終わらないんですね！」

「終わりなんて来ない！　たとえこの世界が滅びたとしても！」

「そのときは、一緒に滅びてまた始まるだけですよ！　地獄の果てでもついていきます！」

「で、できれば天国目指そうぜ!?」

ダンボールを腹に抱えたまま俺の背中に顔を押し付けて、玻璃は元気な笑い声を上げた。風は冷たいだろうし、全身の傷も痛むだろう。それでも玻璃はテンションを上げて、俺に元気を分けてくれる。俺に温かな力をくれる。

玻璃の力を分けてもらいながら、寂しい道をひたすら前進し続けた。凍りつきそうな暗闇の先にはきっと眩しい未来がある。そう信じてる。玻璃の未来がなくては困る。俺にとってそれが孤独を意味するとしても、それでもいい。全然いい。この先もずっとずっと、花舞う玻璃の世界には、眩しい光を届けなくてはいけないのだ。玻璃の未来は明るくなくちゃいけない。

そのためならこんな影の中も、俺は一気に突っ切ってみせる。

＊

雑木林の奥に沼があることは、地元の人間ならみんな知っている。でもわざわざ行く奴はガキでもいない。俺も初めてだった。ザリガニや小魚のいる水辺で遊びたいなら、もっといいスポットが他にいくらでもあるのだ。手入れのされていない雑木林は日当りが悪く、暗いばかりで、捕り甲斐《がい》のある昆虫もいない。エロ本だって落ちていない。それこそ死体を隠すぐらいしか用事なんか思いつかない。

舗装されていない細い道を、自転車でいけるところまで入っていく。しかし途中で石を踏み、前輪がパンクしてしまった。仕方なく、ライトをつけた自転車を引いて、二人して走って沼へ向かう。

やがて鬱蒼《うっそう》と茂る木立ちを抜けた。しかしぽかっと開けた夜空には、月も星も全然見えない。天に広がる黒々とした雲は、俺たちに注がれるべきすべての光を遮っている。

家からは懐中電灯を二本持ってきていたが、

「だめだ、真っ暗でよくわかんねえ。ちゃんと照らしててくれよ」

「うん」

丸く照らされる範囲はあまりにも小さい。玻璃に懐中電灯を預け、頼りない光の中で生臭い銀色のフロートを広げ、ポンプを踏んで膨らませ始める。

木立ちの闇に囲まれて、沼は静まり返っていた。

夏ならカエルぐらいはいるんだろうが、今はまったく生き物の気配がしない。本当になにも、一匹の羽虫さえいない。

スタンドを立てた自転車のライトは黒い水面を照らしている。いつしか風は止《や》んでいた。沼はさざめきもせず、ただぬっぺりと濃厚に暗い。ぬらぬらと虹色《にじいろ》に光るところもあって、汚らしい油の膜が張っているようだった。茶色く枯れた雑草がそこここで束になって、水面から突き出している。

「水深はどれぐらい？」

「浅いです。多分、一メートルぐらい」

「目印はあの岩か」

「底は泥です。気を付けてください。油断したら足を取られます」

「あいつみたいにか」

「そうですよ。あの時もし助けるのに失敗してたら……なんて、今考えても意味ないですね。過去は変えられない」

玻璃の声はもう震えてもいなかった。どこか不敵な響きすらある。

「ここに来たのは、本当に久しぶりです。怖くてずっと近づけもしなかった。でもあの岩、あんなに近かったかかな？　沼自体の大きさが、なんとなく小さくなってる気もします」

「今年は雨が少なかったし、涸《か》れてきてもおかしくねえな」

時間が惜しくて、フロートはまだ完全には膨らみ切っていなかったが、これでいいということにした。できるだけ長くてしっかりとした木の枝を茂みから拾ってきて、フロートを沼に浮かせる。触ると柔らかくて頼りないが、俺の体重ぐらいならちゃんと支えてくれるだろう。

「玻璃、ライト頼むな。俺を照らしててくれ」

「私もいきます」

「だめだめ、沈んだらやばいから。スーツケースだな？　探して、引き上げて、とにかくここまで戻ってくる」

靴が濡れてしまうのはもう諦《あきら》めるしかない。膝でフロートに半身だけ乗りかけたまま、もう片足で泥を何度か思い切り蹴った。フロートはゆっくりと進み出す。

木の枝で沼底を突きながら、目印の岩へと向かう。そういえばこのフロートにはオールがついていたはずだ。俺も忘れていたし田丸も忘れたらしい。あれがあればよかったが、いまさら仕方ない。そう、過去は変えられない。地道に進んで行くしかない。

振り返ると、玻璃が岸から照らしてくれている光はどんどん小さくなっていった。俺も懐中電灯を一つ手に持っていたが、水の中を照らすと白く濁ってみえる。冬だというのにドブみたいな臭気もひどい。事実、死体が溶けているのだ。玻璃のおばあさんだから口にするのは憚《はばか》られるが、実はものすごく気持ち悪かった。

寒さと緊張と気持ちの悪さで、身体《からだ》の震えは止められない。やがて岩まで近づいて、もう一度玻璃の方を見る。玻璃は頷《うなず》くようにライトを上下に振っている。岸からの距離は二十メートルもないぐらいだろうか。玻璃の顔はまったく見えない。

「……出てきて、くれよ……」

岩の周りの沼底を、木の枝の棒で突く。何度もすこしずつ、位置を変えて。気持ち悪いなんて思ってしまってごめんなさい、玻璃のおばあさん。

「出てきて、玻璃を助けてやってくれ……」

どんな姿で現れたとしてもいいから。驚いたりしないから。玻璃のためなんだよ。

しかし泥の中をいくら探ってもなにも見つからない。今が昼間で明るければまだ見つけやすかったかもしれないが、この暗さでは棒の感触だけが頼りだった。時間ばかりがただ過ぎて、不安になり始めた頃。硬い感触がやっと、棒の先にカツッと当たる。探るとそれなりに大きい、四角いものだとわかる。

「……これか……？」

深さは玻璃が言った通り、せいぜい一メートルぐらいだろう。棒の先でスーツケースとおぼしき物体を引っかけ、水面近くまで浮かび上がらせて、手で引き上げようと思ったが。

棒で突き回されて泥が煙幕のように巻き上がってしまい、なかなかうまく引っかけられない。焦《あせ》って水中にライトを向け、覗き込み、気が付いた。

物体は確かにスーツケースなのだろうが、この四年ほどの間になにがあったのか、下向きに蓋《ふた》が開いてしまっている。白骨状態の死体が納まっていると思ったのに、これでは中身はすでに、沼底の泥のどこかに沈んでしまったかもしれない。嘘だろ、と叫びたくなる。どうしたらいい。水中になにか手がかりはないか、さらに深みを覗き込もうとして、

「……う！　わ!?」

フロートが大きく傾いた。俺はそのまま間抜けにも水の中に転げ落ちた。迫る水面を見た時は死ぬ、絶対に死ぬ、と思った。

しかし沼は妙に静かに音もなく、粘液みたいななめらかさで、俺をすっぽりと飲みこんだ。気色悪いほど水はぬるい。外気よりも温かくすら感じる。

「……うあっ、ああっ、あ……っ！」

すぐにフロートに摑《つか》まって顔を上げた。咳《せ》き込みながら足もつく。深さは胸のあたりまでしかなかった。岸では玻璃が悲鳴を上げている。よたよたとおぼつかない足取りで、こっちに来ようとしているのも見える。

「だ……だめだめだめっ！　くんなっ！　大丈夫だ！」

慌《あわ》ててそれを止めさせた。あんな怪我をしているのに無茶だ。それに玻璃が沼に入ったことがばれたらストーリーが崩れてしまう。

こうなってしまったからにはもはや開き直るしかなかった。もう服が濡れようとなにが濡れようとどうでもいい。空のスーツケースだけでもいいから引き上げたい。それだけでもなんらかの証拠にはなるかもしれない。

足で泥ごと蹴り上げて、スーツケースを一度浮かせようとして、

「……っ！」

ずぼっといきなりさらに深く身体が沈んだ。

足元が沼底の泥に嵌《はま》ったようになって、顔から頭も全部、再びぬるい水の中へ引き込まれる。懐中電灯も手離してしまった。必死に立ち上がろうとするが足は深みにさらに吸い込まれ、いくら手をばたつかせても身体が浮かない。下へ下へと引っ張られる。無我夢中でもがく。しかしどこにも掴まれず、泥が舞い上がるばかり。

ゆっくり沈む懐中電灯の光の中に、そのとき突然不思議なものを見た。

――青。

真っ暗闇《くらやみ》の中でたった一粒、強いブルーの輝きが、ぽつんと星の光のように点滅している。

ここよ！　と叫ぶように光りながら、それは水中を上昇していく。俺の目の前で音もなく、真上に闇を切り裂いていく。

溺れながらほとんど無意識、すがるように手を伸ばした。その拍子、うまい具合に片足がなにか硬い物の上に乗った。思いっきりそいつを蹴る。いきなり世界が反転する。底へ引きこまれていた身体が、一気に浮かび上がる。

「……げほっ！　ぐ、……げほげほげほっ！」

やっと水面に顔が出た。激しく咳き込んで飲んだ水を吐く。フロートに摑まって、しばし呼吸を整える。気道が変な音を立ててひくつくが、一応息はできていた。

「先輩！　先輩！　先輩！」

玻璃はずっと叫んでいる。なんとか手を振るが、見えただろうか。とにかく玻璃がここまで来てしまわないように、もう戻らないと。体力も限界だった。

さらに何度か咳き込み、吐き、震えながら、空のスーツケースをどうにかフロートに引き上げる。見れば中身が空どころじゃなく、本体を繋《つな》ぐ金具が外れて、俺が引き上げたのは蓋の部分だけだった。これだけでもなにかの証拠になればいいが。願いながら、幸いにもフロートの中に残されていた木の枝で沼底をついて、やっと岸へと戻る。

来るときの倍ぐらいの時間がかかった。玻璃は裸足にスリッパで水の中に膝近くまで浸《つ》かり、俺のフロートを岸まで引っ張ってくれた。さすがに冷え切り、疲労困憊《こんぱい》で、もう来るなとも言えなかった。

「……ごめん……こ、これだけ……しか……」

自転車のライトの中で、俺は玻璃におばあさんを見つけられなかったことを詫《わ》びようとした。玻璃はショックだったのだろう。なにも言わずに俺が持ち帰ったスーツケースの一部を見ている。

「まじ、ごめん……これで、なんとかできねえかな……」

「先輩」

玻璃は、見たことがない顔をしていた。目を丸くして、口を半開きにして、なにかすごく驚いたような、気が抜けたような表情に見えた。

「これ……違う」

「……え？」

「違います。お父さんのスーツケースはこれじゃない」

それは、つまり――眩暈《めまい》がする。

こんな思いをして、俺はじゃあ、無関係のゴミを拾ってきたのかよ。徒労感に力尽きた。泥まみれのまま倒れ込む。そんな。嘘《うそ》だ。こんなのありか。

玻璃はでも、

「違う。違う。違う、違う、違うちがうちがうちがうちがう……」

呪文《じゅもん》のように繰り返して、様子がおかしい。目はどこを見ているのかわからない。ひたすら首を横に振り、腫れた唇を震わせる。

「……玻璃？　どうしたんだよ？」

「これ、違います。これは、お母さんの、スーツケース。お母さんが家を出た時に持って行ったんだって私今まで……そう思っ……先輩、それは……それ！　その手に、なにを持ってるんですか！」

急に飛びつかれて驚いた。俺は右手の中に、気がつけば泥を一つかみ握りしめていた。さっき顔と髪をかき上げた時の泥かと思ったが。

その泥に混じって、光るものがあった。溺れた時に水中で見つけた青い光だ。苦しさと恐怖で無我夢中、それを捕まえたとも思わなかった。しかし今、こうして俺の手の中にある。静かに強く光っている。

玻璃はそれをつまみ取り、自転車のライトに透かす。その指はひどく震えている。

そして言った。

「お母さんのピアス」

俺は全然、話についていってなかった。玻璃の言うことが理解できていなかった。それがここにある意味もわからなかった。

でも玻璃にはわかったらしい。

「……お母さん、殺されちゃった……」

ぺったりと座り込んだままで夜空を見上げる。その空になにかを見つけたように、確かに見たかのように、玻璃は両目を見開いたままでいる。

そういう形で地面から生えた植物みたいに、玻璃は、ずっと空を見上げている。

雑木林の中を追いかけっこでもしているみたいに駆け抜けた。

フロートも自転車もスーツケースの蓋も全部そのまま置き去りに、俺は一つ残った懐中電灯を、玻璃はピアスだけを握りしめ、ひたすら蔵本家を目指して走った。まだ七時にはなっていない。父親は帰っていないはず。

こんなところに公衆電話などあるわけもなくて、通報するには家から電話をするしかなかった。もう復讐がどうとか考えている余裕もない。俺と玻璃が二人だけで持つには、この武器はあまりにも重すぎる。ストーリーも破綻《はたん》した。全部ありのまま、警察に話すしかなかった。

あの沼には二人の遺体が沈んでいる。

玻璃のおばあさんと、玻璃のお母さんだ。

母と娘はずっと静かに、あの闇の中で冷たくなって、誰かが見つけて引き上げてくれるのを待っている。なにもかも手遅れの姿のまま、声も上げられずに。

二人ともあいつに殺されたんだろう――俺は口にはしなかったが、玻璃も同じことを考えているに違いなかった。二人は玻璃がされたように暴行され、そして死んで、捨てられたのだ。玻璃もああなっていたかもしれない。

夜を行く獣のように玻璃は全力でひた走り、口を強く引き結んでいた。その目は強い確信に導かれ、もはやかすかにも揺るがない。ただまっすぐに前へ向けられて、涙など一粒も浮かんではいない。

家の玄関前に辿り着き、しかし、

「あっ⁉」

いきなり鋭い悲鳴を上げて俺を見る。

「先輩、どうしよう！　鍵がない！　私鍵を持って出るの忘れた！」

「うちの中入れねえのか⁉」

「電話、どうしよう！」

「誰かんちで借りるしかねえ！　行くぞ！」

「うん！」

ここに来るまでの寂しい道のりにあったいくつかの家を思い出しながら踵《きびす》を返す。頼んで電話を借りるしかない。方向を変えてまた走り出そうとしたその瞬間、空気を切るような音がした。玻璃の顔に影が伸びる。なにか来る。考えるよりも反応は早く、玻璃

の前に飛び出した。なにが起きるのかもわから
「うあ！」

——なんの声だ。玻璃？　そしてガン！　と、

「あああああああああ……」

一瞬激しく揺すぶられる。浮遊感と、なんだこれ？　なにが起きている？　顔を上げようとして、

「あ、あ、あ」

膝から自分が崩れ落ちていくのがわかった。そのまま地面に吸い寄せられる。頭から手足へ衝撃波みたいな振動が伝わって、声を上げたのは俺だと気付いた。

顔がさらーっと熱くなる。真っ赤な血が口の中まで流れ込んでくる。今のが殴られた衝撃だとわかったのは、

「よしてくれよ」

斜めになった視界に、玻璃の父親が立っていたから。その手にゴルフクラブを持っている。困ったような表情で、首を傾げて俺を見ている。

視界の端では口を開いた玻璃がもんどりうつように、走るか跳ぶかなにかしようと、コートを翻《ひるがえ》して動いていた。その姿は不思議なコマ送りに見えた。一度深く沈んだ膝が伸び、背中のフードが跳ね上がって、腕が翼のように広がって——ゆっくりと、シーン

が、点滅する。

逃げろとも言えなかった。

玻璃の父親は俺を殴り倒したゴルフクラブで、素振りでもするように玻璃の頭をぶっ飛ばした。

血しぶきが散る。玻璃は軽々と真横に飛ばされ、地面に落ちた。声もなく転がる。そのまま動かなくなる。

玻璃の父親は鍵《かぎ》を取り出してドアを開き、荷物を放るみたいに玻璃を玄関の中に投げ込んだ。俺はダメ押しみたいにもう一撃を頭に食らい、目玉が前方に飛び出したかと思った。家の中に引きずられているんだとわかったのは、床が上の方から下の方に長く移動したからだった。

玻璃の父親は黙々と自分の作業を進めていた。タンクをどこからか運んできて、いくつも床に並べ、窓の戸締りを確認する。

手足を縛り付けられてでもいるのだろうか。俺はまったく身動きが取れず、自分がどうなったのかもわからなかった。とにかく横向きになった顔には熱い血が流れ続け、視界は徐々に暗くなっていった。

声も出ない。ついさっきは突然ゲロがこみ上げて、噎《む》せることもろくにできず、呼吸が止まる寸前だった。喉《のど》の奥で今もゆっくりとゲロがエレベーターみたいに上下している。

明るくなったり。暗くなったり。

白と黒の明滅の中に転がされて、でも耳だけはちゃんと、

「火をつけるの？」

音を拾っていた。

「あれ？　生きてるの？」

「お父さん？　火をつけるの？」

玻璃がどこにいて、どうなっているのかはわからない。父と娘の会話は嚙《か》み合わず、虚《むな》しい平行線を辿っている。

「まだ動けるの？」

「なんで？　私もう動けないよ？　なに言ってんの？　これ全部さっきお父さんに強く殴られたせいじゃん。あのときに脳みそか神経がおかしくなったんだよ。お父さんのせいでどこももう全然動かせないんじゃん」

「なんか声が元気じゃない？」

「声だけ出るんだよ。私もう動けないから。だからこれ以上殴らないでね。これで終わりにしたい」

「じゃあそういうことで」

「ねえ、火をつけるの？」

「つけるよ？」

「うち燃えちゃうよ？　なくなっちゃうよ？」

「しょうがないじゃん。こいつのうちを燃やそうと思って準備してたけど、家、わかんなかったの。地図みたら……つーかさー、ねー、玻璃さー」

「なに？」

「おめーよー、あんな番地ねえじゃんか？　嘘ばっかついてんじゃねえぞ？　死ぬ日ぐらい良い子にしてればいいのによーそんなだからブッ殺されんだよ馬鹿《ばか》。しかも居留守も下手すぎでー、担任の先生が今日会社まで来てさー。なんなの？　おうちの様子がおかしいようで、とか言ってんの。だから早上がりしたの。つかお父さんもう辞めるわあの会社……」

「……」

「ねー聞いてんの？」

「……」

「死んでんの？　死ぬ時まで勝手に？　ったくよー、わちゃわちゃしてんじゃねえよ」

目の前に、ソックスの足の爪先《つまさき》が見えた。

自分の家の居間中にタンクから液体を撒《ま》きながら、玻璃の父親は俺の目の前にしゃがみこむ。俺にも液体をかけ、手を合わせて、いきなり神妙に呟《つぶや》く。

「幽霊にならないで下さい……どうせあなたには、子を持つ父親の気持ちなんかわからないでしょ。恨まないで下さい。なんにもわかってないから、あなたはこうして父親になれないまま死ぬんです……」

やがて納得したように立ち上がり、空になったタンクをどこかへ運んでいった。

痛みと恐怖は遠い。もうこれで終わりだからと、神様が情けをかけてくれているのだろうか。深い、静かな意識の底に沈んで、俺はただ、

（……玻璃）

目だけを動かそうとしていた。なにを探しているんだっけ。なんだっけ？

ノリで床に貼《は》りつけられたような気がする手を、どうにか持ち上げ、動かしたい。でも、この手でなにをするんだっけ？

なにか、受け取るんだっけ？

誰かを、引き上げるんだっけ？

誰かを、連れて行くんだっけ？

なにか、撃ち落とすんだっけ？

（あ……そうだ。そうだった。俺、ヒーローになるんだ。どうやるんだっけ、玻璃。こ

れをこうやって……）

変、

「……、」

身！

「……」

上に向けて立てたつもりの一本指は、力なく震え、傾いていたが。なあ、こうやるんだっけ。これでいいんだっけ。

玻璃？

「あっ、動いた!? 動いたでしょ今！　わちゃわちゃすんなっつってんのに」

床を軋《きし》ませながらソックスの爪先が再びこちらに戻ってくる。そして顔が近すぎる距離に迫ってきて、なにか確かめるみたいに何度か横に揺れる。

その背後に、俺はやっと見つけていた。

玻璃は壁際《かべぎわ》に仰向けに転がされていた。捨てられた人形みたいに倒れていた。顔だけがだらりとこっちを向いている。

死んでいるようだった。

でも、俺は知っている。玻璃は死んでなどいない。玻璃は何度でも蘇る。酸素さえあれば何度でも。

そして玻璃は俺が信じた通り、ゆっくりと片手を持ち上げた。目が開いている。俺を見ながら、音も立てずに人差指で上を指す。俺の問いかけに答えて、手本を見せてくれているみたいだった。

——そうですよ。それであってますよ、先輩。

俺の身体からは噴き出すように血が流れ続けている。その血と引き換えにするみたいに、玻璃の思考が強く流れ込んでくる。こうやって変身するんですよ。私たち。

ね、そうでしょ先輩。

ほら。

見てろ——カツン、と硬い音を立てて、青く光る石が床に転がった。玻璃がいきなり投げたのだ。足元に転がってきたものに驚いたように、玻璃の父親は下を見た。

「えっ？」

どこかに転がっていってしまったピアスを探そうとしてか、玻璃の父親はしゃがんだまま床に顔を近づける。手からゴルフクラブが離れた瞬間、玻璃は跳ね起きた。

真っ赤なマスクをつけている。真っ赤な、流れる血のマスク。傷ついた女の子の顔を隠し、玻璃は裸足《はだし》で床を蹴る。身を起こそうとする父親よりも、玻璃の方が先にゴルフクラブを摑《つか》んだ。

思いっきり振りかぶって、身体ごと振り下ろす。ＵＦＯを撃ち落とす。なにか喚《わめ》きながら倒れたところに、さらに何度も、何度も叩《たた》きつける。繰り返し振り下ろす。避けようとするこめかみに。逃げようとする後頭部に。動けなくなった脳天に。甘すぎる俺ならもう手を止めたかもしれない。そして反撃のチャンスを与えたかもしれない。でも、玻璃は止まらなかった。木端微塵《こっぱみじん》に破壊するまで、玻璃の戦いは終わらなかった。

空からは真っ赤な雨が降った。

強く降った。ひどい雨だ。火を噴くように落下するUFOからも、ヒーローのマスクからも、赤くて熱い雨が降り続けている。玻璃の傘になりたい、なんてかつて俺は思った。玻璃は、傘はいらないと言った。玻璃には雨に濡《ぬ》れてでも、やり遂げなければいけないことがあった。玻璃は、俺を守ったのだ。

俺を守るために、赤い雨に打たれている。

UFOが落ちた空は引き裂かれ、天球には大きな傷口がぱっくりと開いた。そこからも赤い雨は降り注ぎ、俺の身体も真っ赤に濡れた。雨は大地に落ちて、川へ流れ、土も、海も、全部を赤く濁らせる。ヒーローも、赤に染まる。

やがてすべての音と光が、俺からは遠くなっていく。

「先輩」

声が聞こえた。俺のチャンネルを、玻璃が探してくれたらしい。

「実は、すあまって、それほど好きじゃないんです。味に決定打がないというか。私が好きなのは、先輩です。先輩はなにが好きですか？　いつも私のことばっかりで、先輩の好きなものとか、私はなんにも知らないんですよ。教えてください。ねえ、先輩はなにが好きですか？」

闇に引き込まれながら、俺は玻璃を指さした。手はうまく動かないけれど、自分ではそうしたつもりだった。玻璃の声が遠ざかる。なにを言っているのか聞こえなくなってしまう。必死に耳を澄ませる。なんて言っているんだろう。なにを話しているんだろう。もっと聴きたいよ。ずっと聴いていたい。

「……んぱい、ほん……まし……、わ、」

「……っと、だから、……、さ……なら」

「……き」

＊＊

目を覚ますと、俺はベッドの上にいた。なぜ保健室にいるんだっけ、と思う。時間の感覚があやふやで、昼か夜かもわからなかった。

目だけを動かして、俺は自分が知らない場所にいることを知った。この風景は病院？　どうして病院にいるんだろうと考え始めたそのとき、突然墜落するように現実感が戻ってきた。あの雨がいつ止《や》んだのかさえ、俺にはわかっていなかった。

凄《すさ》まじい唸《うな》り声がして、それが俺の声だと気が付いて、気が付いてしまったらその次には、

「う、ううううう！　ううう、うううううう……！」

痛みが頭の中で弾《はじ》けた。白く光りながらスパークして回転して、こんなに痛いのになぜ死なないのかがわからない。まじかよ。こんなに壊れても、人間はそれでもまだ死ねないのかよ。こうまでして生きていないといけないのかよ。

きーよーすーみー！　と、叫ぶ声が近かった。

「がんばれー！　みんないるよ！　みんないるからね！」

マスクをしていてもわかる、そこにいたのは母さんだった。

覆《おお》いかぶさるように真上から俺を見て、母さんは大きな声で言葉をかけ続けてくれていた。その声を聞いていなければ、意識をすがらせていなければ、自分のことすらわからなくなるような痛みだった。

「みんないるよ！　ここにいるよ！　清澄！」

（みんなって誰だよ？　ていうか玻璃は？　玻璃はどこにいるんだ？）

痛みのあまりに身体が跳ねる。またなにも考えられなくなる。

玻璃、と呼ぼうとした。しかし脳みそが収縮するような痛みのリズムに打たれながら、思考が喉の動きを止めた。

もう、呼んではいけない。彼女の未来のためだ。この事件が処理されたら、彼女は新しい人間として生まれ変わって、名前も変えて、過去にまつわるすべてを捨てて、今までの人生とは無関係に生きていくのだ。あらゆる苦しみから解放されて、まっさらになって生きていくのだ。

あの子は死んだ。もう名前を呼んじゃいけない。探しちゃいけない。

赤い雨に汚れたヒーローは、静かに沈めて眠らせてあげなくてはいけない。俺はもう知らないふり、忘れたふりをしなくてはいけない。

あの子を置いて行かないといけない。

全部あげたいと思ったのは本当だ。玻璃に全部、俺の未来も全部、全部あげたかった。

俺の分はもうなにもなくてよかった。玻璃にあげる。全部。

だからこれでいい。俺は孤独でいい。ヒーローは墜《お》ちたＵＦＯとともに死んだ。二度と会えない。それでいい。

新しい君。

どうかここから遠いところで、空を見上げてみてくれ。きっと君の頭上には光が射《さ》しているとと思う。明日、いいことがあるといいな。この先の未来にもずっと、いいことがたくさんあるといいな。

（ありがとう。さようなら）

――ヒーローは、なんのために生まれたんだろう。なんのために死ぬのだろう。創《つく》られた命には、一体どんな意味があったんだろう。こんなふうに、忘れられるためだったのだろうか。だとしたら、俺は。

続くはずの言葉は、もう、雨で汚れてしまった。

「清澄！　お父さんも向かってるからね！　連絡したらすぐ来るって！　あんたに会うために、もう、新幹線乗ったからね！」

母さんの声にしがみつくように、俺は呼吸を繰り返した。

＊

父さんは、本当に来た。

俺が入院していた間、ずっと、病室に通い続けてくれた。

俺が小さかった頃に、母さんは父さんと離婚した。父さんには新しい家族ができて、俺と母さんの中ではもう死んだような扱いになっていた。

でも俺がこんなことになって、しかも「あの」女子高生が父親を殺害した事件に関わったと聞いて、ここまですっ飛んで来てくれた。父さんはメジャーではない血液型の俺に、輸血ができる数少ない人でもあった。

心配した、と父さんは泣いた。今までだってずっと会いたかった、そうも言ってくれた。謝られたし、抱きしめられ、俺は父さんを抱きしめ返した。母さんもそれを見て泣いた。蘇った絆《きずな》を、俺は嬉《うれ》しいと思うべきかもしれない。

俺が知ったことは全部、警察の人に話した。何度も繰り返し同じことを訊《き》かれた。なぜあそこにいたのか。誰に怪我《けが》を負わされたのか。なぜ沼に行ったのか。なぜ、A子さんと一緒にいたのか。

「そもそも、どうして学年も違う君が関わることになったんだろう？」

好きだったからです、と真実を答えた。

沼からは二体分の白骨が引き上げられた。やがて殺された父親がただの被害者ではなかったことも明るみに出た。事件は随分マスコミに騒がれた。母さんたちは俺がニュースを見ないように気を使ってくれたようだが、それでも完全にはシャットアウトできなかった。

退院は卒業式に間に合った。

俺たちの卒業式に在校生の姿はなく、卒業生とその親しか参加できなかった。学校はマスコミが来ることを恐れたらしい。

ぺらぺらと外部に喋《しゃべ》る奴《やつ》がいなかったのは、きっと美談じゃない。単純にみんな、「あのA子をいじめて追い詰めていた生徒たち」になるのが怖かったんだろう。一年A組の担任はひどく体調を崩してしまい、もう学校にも来られないかもと言われていた。

でも、ちゃんと式には来ていた。卒業証書を受け取った俺に、拍手を送ってくれていた。

俺は愚かにも、卒業式が終わった後、一年生の下駄箱を覗《のぞ》きにいった。なにも入っていない、空いた下駄箱が一つあった。俺が貼った名前のラベルも綺麗《きれい》に剥《は》がされて、ここに誰かがいたという跡すら残っていなかった。

俺の下駄箱には、誰かが甘い飴《あめ》を一杯に詰めたかわいい箱を入れてくれていた。

俺の孤独は、それからずっと宙に浮いたままになっていた。

それは宝にも化けず、引き換えにもらえるものもなく、ただぷかぷかと俺の空に浮いていた。

しばらくの間、それだけを見上げて俺は生きた。しかしある日、気づいてしまった。

新しいUFOになっているじゃないか。

あれが、俺の空の――もう勘弁してくれと叫びたかった。

ノストラダムスが教えてくれた世界の終わりまで、まだまだ時間がある。滅亡の時が訪れるその時まで、俺はあれを見上げていないといけないのかよ。

＊＊

どれだけ物理的に離れてみても無駄だった。どうしても、声は聴こえてしまった。俺を呼ぶ声は止むことがなかった。

その声から逃れようとしていたのは本当だ。でも結局、季節が二度巡り、三度目の春が来た頃。名前の変わった彼女と俺は、雑踏の中で出会ってしまった。まさかと足を止めて、目が合って、顔を見てしまったら、もう離れることを諦めた。

俺たちは住む町を変えた。母さんにも病院を辞めてもらい、三人で新しい暮らしを始めた。

その町で俺は大学に通い、卒業して、仕事を見つけた。

結婚する直前に、俺の新しいUFOを紹介した。彼女は「それ、私にも見えてますから」と声を潜めた。見えている面は違うだろう。でも多分、同じものを俺たちは空に浮かべたまま生きていた。

永遠を誓って一緒にいても、俺のUFOは消えなかった。幸せなのは間違いなかったから、それは本当に不思議だった。俺はもう孤独ではないのだから、UFOも消えていいはずじゃないのか。

俺の奥さんが夕焼けの空の下にいると、俺は不安でたまらなかった。オレンジの光の中で髪の輪郭がキラキラして、とても綺麗な光景なのに、怖くて怖くて仕方がなかった。あの空のUFOに、さらわれていってしまうような気がした。本気で怖かった。ぎゅっとどれほど強く手を握っていても、不安は消えなかった。やがて俺たちに子供が生まれることになっても消えなかった。

赤い雨で汚れた空から、どうしてもUFOは消えてくれない。あれはいつか、攻撃を始めるのだろうか。

ヒーローはもういない。ヒーローの存在を、もう俺たちは信じていない。光に慣れた目で俺を見ながら、穏やかに呼吸をしながら、俺の奥さんはオレンジに輝いている。今にも空に同化しそうになっている。

＊＊

何度も冷たい水に潜りながら、前にもこんなことがあったと思い出していた。こうやって手を伸ばして、なにかを摑み、引き上げて、救おうとした。一度目は救えたと思った。二度目は救えなかった。もう取り返しがつかなかった。あの夜の取り返しのつかなさを、忘れることなどできるわけがなかった。

どうしてこんなことになってしまったんだろう、とは思う。どうしてもうすぐ予定日だというこんなときに。せっかく一緒になれたのに。せっかく家族になれたのに。せっかく幸せに暮らしているのに。

でも、どうしても、諦めることができなかった。俺の目の前で事故は起きた。車が濁流に転落したのだ。冷たい水底に沈んだ命は、まだ救うことができる。まだ間に合う。

俺はまた息を止め、冷たい水に潜る。沈む車の窓に一瞬見えた顔はかつて恋した女の子によく似ていたし、あの夜の取り返しのつかなさもまだ薄らいでいなかった。

誰かの怒号や叫び声を聞きながら、もうこの腕はちぎれてもいいと思った。全力で、歪《ゆが》んで引っかかった車のドアを引っ張り続けた。

力のすべてを爆発させながら、女の子の顔を思う。大きな瞳《ひとみ》をした、やせた女の子。

傷だらけの、優しい子。

名前は——蔵本玻璃。

そういえば随分長くその名を呼んでいなかった。もしかして、もう呼べないのだろうか。呼べばよかった。

思った瞬間、俺は自分が本当はなにを取り戻そうとしているのか、おぼろげながら理解した。

俺はあの子を、赤い雨の中にたった一人で置き去りにしてきてしまっていた。静かに眠っていた方がいいと思ったのだ。死んだまま、もう蘇《よみがえ》らなくていいと思った。その方がきっと幸せだから、と。

夢中で息継ぎをし、また潜る。

(孤独だったよな。ごめんな)

俺は新しい君と新しい暮らしをして、新しい人生を始めてしまった。死んだ玻璃のことは無意味の只中《ただなか》に沈めてしまっていた。玻璃は今もそこにいるんだろう。俺たちの空に、一人で寂しく浮かんでいるんだろう。

両手でドアを引っ張ると、手ごたえがあった。足を踏ん張り、水の流れに逆らって、全体重をかける。できた隙間《すきま》になんとか手を突っ込む。

(孤独には意味があるって言ったこと、覚えているか?)

息ができず、肺がへこむ。

(暗いところから出てきたら、すごく眩《まぶ》しく感じるよな。意味は、その眩しさの中で見つけられるんだよ)

一瞬足が流れに取られそうになる。隙間に突っ込んだ手がなにかを摑んだ。人の手だ。必死に指を絡《から》め、絶対に離さない。すべてを右手だけにかける。

(そこから出てきて、そして、俺を見てくれよ)

俺を信じてほしい。

俺は玻璃を何度でも蘇らせる。俺はＵＦＯを撃ち落とす。今度こそ、俺がヒーローになってみせる。

眩しさに慣れた玻璃の視界にも、ヒーローの姿で現れてみせる。

誰かが叫んでいた。意味はもうわからない。目がなにを見ているのかも理解できない。ただ摑んだものを無我夢中でこちらへ引き寄せる。

(こっちに来い！　玻璃！　蘇れ！　俺はおまえが強いことを知っている！　信じてる！　おまえもどうかもう一度、この俺の強さを信じてくれ！　二度と置いて行ったりしないから！)

この世界はまだ間に合う。取り返しがつく。取り返して全部、玻璃にあげる。

それができることを証明するために、俺は、取り返しのつかなかったあの日をやり直している。この手に摑んだ大切なものを、二度と離さないように握っている。まだ間に合うと信じている。ここから引き上げる。何度でも蘇らせる。

　そして、光あふれるこの世界の美しさを君に見せる。


　俺はどこか遠くへ為す術《すべ》なく流されながら、ＵＦＯがついに俺の空から墜落していくのを見ていた。

　俺の空は、あの夜からずっと赤かったらしい。世界全部が赤く濁って、空の赤さにも気づけなかった。

　墜ちていくＵＦＯは光る長い尾を引いていた。燃えて幾度も爆発しながら、斜めに俺の赤い空を引き裂いた。

　天球の傷口からまた赤い雨が降るのかと恐れたが、そこから流れ出したのは――玻璃、ほら、見てごらん。

　すっごい銀河だ。

　キラキラと輝いて大きく渦を巻いている。星の子供たちが楽しそうに次々に落ちて、透明の雨になり、すべてを洗い流していく。

　気が付くと、天球の傷口は俺の傷口になっていた。無限に膨らんで形を失《な》くした俺の身体の内側から、どんどん銀河が流れ出していく。俺の命を託した星の子もどんどん降り注ぐ。あらゆるものにどんどん沁《し》みていく。

　そうして俺は、玻璃が目にするすべてのものになる。カーテンにもなる。本にもなる。壁の傷にも、コーヒー豆にも、歩道橋にも、袋麺《ふくろめん》にも。太陽にも、月にも、目には見えなくとも確かに在る遠い星々にもなる。そうして玻璃を、愛し続ける。永遠に愛し続ける。

　流れ出す俺にはもう物理的な制約などなくて、時をも超え、未来に息子の姿を見つけた。俺の息子は俺にそっくりだった。

　真面目《まじめ》な顔して、一人椅子《いす》に座り込んで、自分の影をじっと見つめている。そして俺を呼んでいる。銀河から俺の命を呼び出そうとしている。

　俺は息子の影の中に、最小単位の物質として生まれた。

　濃淡に揺れる現象は、まるで鳥や魚の群れ。あるいは大空に湧《わ》き上がる積乱雲。あるいは風に揺らめく炎。あるいはオーロラ。水底《みなそこ》の波紋。嵐の樹林のようでもある。

　膨れてはしぼむ。ぶつかっては砕ける。爆発しては燃焼し、融《と》けて混じって変化する。自在にうねりながら形を変え、やがて運命の設計図を思い出す。点は線に。線は面に。面は立体に厚みを増して、逞《たくま》しい肉体が虚空《こくう》に紡《つむ》がれる。新しい俺はそうして創られ、この世界に突如出現する。

　でも練習だから、ポーズは自由だよ。ゆっくりとおどけて動きながら、なんて温かいんだろうと思った。こうして影として重なりながら、俺はいつだって君を抱きしめている。やがて俺は再び最小単位の物質となって音もなく虚空に消える。

一体俺たちはなんのために生まれて、なんのために死ぬんだろう。その意味はちゃんとあったんだろうか。

答えは、俺を温かく抱きしめてくれる君にならわかるのかもしれない。

ここまでが俺の話。濱田清澄と、蔵本玻璃の話。

ここからは誰の話？

＊＊＊

生きなきゃ。

新しい命は真っ赤な血に濡《ぬ》れて、嵐《あらし》のように泣いていた。私はとにかく、生きなきゃと思った。私の人生を続けなきゃ。あの夜のつづきを、まだ生きなきゃ。明日もあさってもその先もずっと、私は嵐を抱きしめて生きなくちゃ。

分娩室《ぶんべんしつ》の窓の外には、朝が来ていた。町は明るく照らされて、ずっと遠くまで綺麗に見えた。

この朝をくれたのが誰なのか、私にはもちろんすぐにわかった。

それからはずっと、生きることだけを考えていた。

真っ赤な嵐がこの世に生まれて、私の時計の回転は早まった。夢中で生きて気が付けば、二十年以上の日々があっという間に過ぎていた。

そして、私の本当の名前を言わなくてはいけない時がきた。

お母さんは一生言うなと止めたけれど、話す決意は変わらなかった。

警察官か、消防士か、自衛隊か、ジャーナリスト。やっぱり警察かな。真っ赤な嵐は決めようとしていた。「俺、やっぱり警察官を目指す。たくさんの人を命がけで守って、父さんみたいなヒーローになる」本気のようだった。決めたから、他の進路ももう考えないと言った。

でも、身上調査がある。

私がしたことや、私のお父さんがしたことは、きっと真っ赤な嵐の行く手を阻《はば》む。どれだけ頑張っても、どれだけ適性があっても、採用されることはないだろう。その理由は明かされず、私の愛《いと》しい真っ赤な嵐は苦しむだろう。

だったら、その苦しみは、せめて私が与えようと思った。

「本当は私、玻璃っていうの」

はり？

聞き直してきた声は、本当によく似ていた。先輩がここにいるようだった。不安と恐怖で今にも挫《くじ》けそうな背中を、ぽん、と叩いてくれたように思った。

「ちょっと長い話をするね。その間だけでいいから、玻璃って私を呼んでいて」

話はちゃんと、最後までできた。

「つまり、ＵＦＯが撃ち落とされたせいで死んだのは二人」

真っ赤な嵐は透明な雨みたいな涙を流し、私が作った手の形をいつまでも眺めていた。その親指は、ＵＦＯを撃ち落として死んだ。そしてその薬指も、ＵＦＯを撃ち落として死んだ。

ＵＦＯは二つあった。

二つ目のＵＦＯは、私の命を燃料に空に浮いているようだった。一つ目のＵＦＯを撃ち落とした夜にそいつは生まれた。私はそいつにずっと囚《とら》われたままで、多分あの頃、本当は生きてもいなかった。

事故が起きて、先輩が見つかって、私は本当に終わったと思った。世界は終わった。私もこどももこのまま死ぬんだ。今目を閉じれば、死んで終わりだ。でもその瞬間、冗談じゃねえ、と声が聞こえた気がした。おなかから聞こえたようで、「は？」と視線を落としたら、それと同時に破水した。予定日はまだすこし先だったのに、私の身体《からだ》はこどもを産み落とそうとしていた。

長く長く苦しんで、やっと真っ赤な嵐と出会い、私は蘇った。命を取り戻した。それでわかった。ＵＦＯは空から消えた。先輩は勝ったんだ。勝って、二つ目のＵＦＯを撃ち落としてくれた。

私は左手を差し出して、自分の指もゆっくりと同じように立ててみせる。

「確かに死者を全部数えたら、二人じゃない。まず一人目、この人差指は私のおばあちゃん。二人目の中指は、私のお母さん。三人目の親指は、私のお父さん。四人目の薬指は、あの人。でも人差指と中指は、お父さんに殺された。だからUFOを撃ち落としたことには関係がない。関係があるのは、まずこの親指。これは私が、一つ目のUFOを撃ち落として殺した」

人差指と中指を折ってみせながら、真っ赤な嵐にこの声を聞かせる。

「そして、薬指。これはあなたのお父さん。濱田清澄」

ぷるぷる震える薬指を右手でそっと包み込む。

「二つ目のUFOを撃ち落として、あの人は命を失った。だから二人なの。親指と、薬指。UFOが撃ち落とされたせいで死んだのはこの二人」

薬指の付け根には、今も結婚指輪が光っている。プラチナなんだ。一緒に選んだんだ。今もこんなにも嬉しい。私は今も、生きている。

なにより愛しい真っ赤な嵐に、どうか私の喜びが、この幸福が、ちゃんと伝わっていますようにと祈った。

伝わったかどうかは、でも結局はわからない。

警察官を諦《あきら》めて、真っ赤な嵐はジャーナリストを目指すと言った。懸命に就職活動をした結果、あれほどこだわっていた地元からも遠く離れて、とある都市のテレビ局に採用された。春には家を出て行ってしまった。私から離れたくなったのだろうか。私が生き続けたこの人生から、距離をおきたくなったのだろうか。

取り残された私の寂しさを、お母さんは察知してくれた。気ままなのが好きだから、とずっと近所で一人暮らしをしていたのに、うちに一緒に住んでくれることになった。お母さんといるとおもしろくて、それからは毎日笑ってばかりいた。

バッグの中に入れたままで忘れていたスマホが、光っているのに気が付いた。見ると、三十分ほど前にショートメッセージを受信していた。

『俺、ついにテレビ出る。見といて』

びっくりして『いきなりどうして？　なんの番組？』と返信を打ったが、気が付いていないようだ。

「お、お母さん！　大変！　なんかあの子テレビ出るとか言ってる！」

「え⁉　うそ、なんチャンネル⁉」

慌《あわ》ててお母さんがリモコンでテレビをつけると、「ああっ！」「ここだ！」まさに、そこに映っていた。私の愛しい真っ赤な嵐が、テレビの中で縦横無尽に吹き荒れていた。

『濱田さーん！　そちらの状況を教えてください！』

『はい！　こちらは一時間ほど前から、凄まじい雨と風に襲われています！』

夜のニュースは、九州に上陸した巨大な台風の様子を伝えていた。レインコートを着せられ、マイクを持たされ、ヘルメットをかぶらされて、報道の腕章をつけて、びしょびしょに濡れて、暴風に煽《あお》られている、あの子は私の、私の――

『停電している世帯は二千戸、現在、付近には避難勧告が出されています！　こうして立っているだけで身体を持っていかれそうです！』

――やめてよ！

テレビにかぶりつきになって、ほとんど泣きそうになる。こんなの危険じゃないの。意味ないし。しかも背後には荒れ狂う海。うねりながら白く砕けて、カメラにまで飛沫《しぶき》が届く。

『海も大変、荒れています！　さきほどから波しぶきが私どもが立っているところにまで届いてきて、危険を感じます！』

なんでそんなところから、わざわざうちの息子が中継しないといけないのよ。「やだやだやだ……」怖いのに目が離せない。「と、とりあえず録《と》ろう！」お母さんはリモコンの録画ボタンを押す。

『濱田さん、リポートありがとうございました！　また引き続き、状況を伝えて下さい！』

『はい！　それでは一旦《いったん》スタジオにお返ししま……うあ!?　あぶな……』

荒れ狂うテレビの画面の隅から、中継のクルーらしき人影がもんどり打つように倒れ込んできた。風に煽られてバランスを崩したのか、そのまま機材ごとぶつかってくる。腕でその人をどうにか受け止めるが、折り重なったままレインコートの背中で滑るように海の方へ転がり、そこに一際《ひときわ》高い波が砕けた。白く濁って二人にかぶる。

「……！」

見ていられず、とっさに突っ伏した。はまださーん！　はまださーん！　と緊迫感たっぷりにスタジオのアナウンサーが呼んでいる。答えはない。マイクを擦るような大きな音と、轟《とどろ》くような風の音と、そして、

『……は、はい！』

声が。

『大丈夫ですか⁉　お怪我していませんか⁉』

『すいません、ちょっと、本当に風がすごくて……！　だ、大丈夫です！　これしき！　頑丈ですから！』

恐る恐る、閉じていた目を開く。私の息子はめくれあがったレインコートを必死に押さえながら大きな声で元気に叫んでいる。嵐のように、叫んでいる。

『ヒーローの子ですから！』

「……い、」

スマホを摑んで立ち上がっていた。

「いかなきゃ……」

私は、

「え？　なに言ってんのよ」

「わかんないけど！　でも、いかなきゃ！　いかなきゃいけないの！」

猛然と、突っ走りたい衝動にかられていた。生きなきゃと思った時と同じ強さで、私は今、いかなきゃと思っていた。身体が浮き上がる。獣のように駆けていきたい。全力で走ってみたい。もう止まらない。お母さんの「ばかだね」と呆《あき》れた声も後ろに残し、玄関から本当に飛び出した。

台風はまだ遠い。生ぬるい風を切り、サンダルで地面を蹴《け》る。ぐんぐん進む。どこへいくのか決めてないし、どこまでいけるかもわからない。ただ自由だった。走ったっていいんだ。この手も足も私のだ。なにもかもが、私のだ。

黒い雲に裂け目が入り、たちまち左右に割れていく。幕が開かれるようだった。見上げながら、走り続けた。一体いつ以来か思い出せないぐらい、全力でこの身体を使っていた。どこへでもいけるのだと自分を信じられた。おーい、と心の中で叫ぶ。おーい、おーい。自然と顔が笑ってしまう。いい歳《とし》こいて、私はなにをやっているんだろう。ばかみたいだけど、でも、こうせずにはいられなかった。

(好きです。聞こえてますよね。大好きです。ありがとう)
走り続ける手の中で、そのときスマホが光った。

＊＊＊

「笑いすぎだろいくらなんでも！」

まだ爆笑を止められない母さんに、俺はそろそろ切れそうだった。

「ご、ごめん！　だってなんかもう、おもしろすぎるんだも……ぶははははは！」

「しつっこいんだよ！」

「あんた、変身って……！　そんな、無理無理！　笑うなっていう方が無理なの！」

「っていうか窓、全開だからな！　近所迷惑！　すげえ恥ずかしいよ！」

「あら……」

やっと母さんは口を噤《つぐ》んで、肩を竦《すく》めた。お茶とおにぎりを机に置いて、窓辺に俺と並んで立つ。空気が澄んでる、と大きく息を吸う。改めて俺も星を見た。やっぱり今夜はオリオンが綺麗だ。大きな粒でキラキラ輝いて、今にも降ってくるかのよう。俺たちがいるところに瞬《また》く光線となって、ゆっくりと降りてこようとしているかのよう。

白い息を吐きながら、俺はひそかに母さんとの間をすこしだけ空けた。もしも来るなら、ここへどうぞ。いつでもどうぞ。

「いつか、本当に変身する方法を教えてあげる日がくるかもね」

母さんは戯言《たわごと》を言いながら人差指を立て、ゆっくりと空に向けてみせる。

「いつかっていつ」

「ふふん。あんたがいいこにして、ちゃんと大人になったらだよ」

「じゃあその頃には母さんはもう、ばあさんに変身済だろうね」

「はあ!?　なんであんたはいっつもそういう余計なことばっか言うの!?」

近所迷惑な声がまた始まりそうで、俺は慌てて窓を閉めた。

ちらっと最後にもう一度、オリオンの星々を見上げる。あまりの騒々しさに、ちょっと呆れたみたいに傾いている。そう、騒いでいるのはここ。このうち。うちはもうずっとこう。互いを呼ぶ声が絶える瞬間はない。母さんがいて、俺がいて、父さんがいる。

そしてみんな、愛には終わりがないことを信じている。

本書は新潮文庫のために書き下ろされた。

竹宮ゆゆこ著

知らないの映画のサントラを聴く

錦戸枇杷。23歳（かわいそうな人）。そんな私に訪れたコレは、果たして恋か、贖罪か。無職女×コスプレ男子の圧倒的恋愛小説。

津村記久子著

とにかくうちに帰ります

うちに帰りたい。切ないぐらいに、恋をするように。豪雨による帰宅困難者の心模様を描く表題作ほか、日々の共感にあふれた全六編。

本谷有希子著

生きてるだけで、愛。

25歳の寧子は鬱で無職。だが突如現れた同棲相手の元恋人に強引に自立を迫られ……。怒濤の展開で、新世代の〝愛〟を描く物語。

朝吹真理子著

きことわ

芥川賞受賞

貴子《きこ》と永遠子《とわこ》。ふたりの少女は、25年の時を経て再会する――。やわらかな文章で紡がれる、曖昧で、しかし強かな世界のかたち。

最果タヒ著

空が分裂する

かわいい。死。切なさ。愛。中原中也賞詩人と萩尾望都ら二十一名の漫画家・イラストレーターが奏でる、至福のイラスト詩集。

朝井リョウ・飛鳥井千砂・越谷オサム・坂木司・徳永圭・似鳥鶏・三上延・吉川トリコ著

この部屋で君と

腐れ縁の恋人同士、傷心の青年と幼い少女、妖怪と僕!?　さまざまなシチュエーションで何かが起きるひとつ屋根の下《ふたりぐらし》アンソロジー。

河野裕著

いなくなれ、群青

11月19日午前6時42分、僕は彼女に再会した。あるはずのない出会いが平坦な高校生活を一変させる。心を穿つ新時代の青春ミステリ。

河野裕著

その白さえ嘘だとしても

クリスマスイヴ、階段島を事件が襲う——。そして明かされる驚愕の真実。『いなくなれ、群青』に続く、心を穿つ青春ミステリ。

河野裕著

汚れた赤を恋と呼ぶんだ

なぜ、七草と真辺は「大事なもの」を捨てたのか。現実世界における事件の真相が、いま明かされる。心を穿つ青春ミステリ、第3弾。

知念実希人著

天久鷹央の推理カルテ

お前の病気《ナゾ》、私が診断してやろう——。河童、人魂、処女受胎。そんな事件に隠された〝病〟とは？　新感覚メディカル・ミステリー。

知念実希人著

スフィアの死天使
—天久鷹央の事件カルテ—

院内の殺人。謎の宗教。宇宙人による「洗脳」。天才女医・天久鷹央が〝病〟に潜む〝謎〟を解明する長編メディカル・ミステリー！

七月隆文著

ケーキ王子の名推理《スペシャリテ》

ドSのパティシエ男子&ケーキ大好き失恋女子が、他人の恋やトラブルもお菓子の知識で鮮やか解決！　胸きゅん青春スペシャリテ。

精霊の守り人　上橋菜穂子著
野間児童文芸新人賞受賞
産経児童出版文化賞受賞

精霊に卵を産み付けられた皇子チャグム。女用心棒バルサは、体を張って皇子を守る。数多くの受賞歴を誇る、痛快で新しい冒険物語。

闇の守り人　上橋菜穂子著
日本児童文学者協会賞・
路傍の石文学賞受賞

25年ぶりに生まれ故郷に戻った女用心棒バルサを、闇の底で迎えたものとは。壮大なスケールで語られる魂の物語。シリーズ第2弾。

夢の守り人　上橋菜穂子著
路傍の石文学賞・
巌谷小波文芸賞受賞

女用心棒バルサは、人鬼と化したタンダの魂を取り戻そうと命を懸ける。そして今明かされる、大呪術師トロガイの秘められた過去。

虚空の旅人　上橋菜穂子著

新王即位の儀に招かれ、隣国を訪れたチャグムたちを待つ陰謀。漂海民や国政を操る女たちが織り成す壮大なドラマ。シリーズ第4弾。

神の守り人　上橋菜穂子著
（上 来訪編・下 帰還編）
小学館児童出版文化賞受賞

バルサが市場で救った美少女は、〈畏ろしき神〉を招く力を持っていた。彼女は〈神の子〉か？　それとも〈災いの子〉なのか？

天と地の守り人　上橋菜穂子著
（第一部 ロタ王国編・第二部 カンバル王国編・第三部 新ヨゴ皇国編）

バルサとチャグムが、幾多の試練を乗り越え、それぞれに「還る場所」とは――十余年の時をかけて紡がれた大河物語、ついに完結！

伊坂幸太郎著

重力ピエロ

ルールは越えられるか、世界は変えられるか。未知の感動をたたえて、発表時より読書界を圧倒した記念碑的名作、待望の文庫化！

伊坂幸太郎著

砂漠

未熟さに悩み、過剰さを持て余し、それでも何かを求め、手探りで進もうとする青春時代。二度とない季節の光と闇を描く長編小説。

伊坂幸太郎著

オー！ファーザー

一人息子に四人の父親!? 軽快な会話、悪魔的な箴言、鮮やかな伏線。伊坂ワールド第一期を締め括る、面白さ四〇〇%の長篇小説。

伊坂幸太郎著

あるキング
—完全版—

本当の「天才」が現れたとき、人は〝それ〟をどう受け取るのか——。一人の超人的野球選手を通じて描かれる、運命の寓話。

伊坂幸太郎著

３６５２
—伊坂幸太郎エッセイ集—

愛する小説。苦手なスピーチ。憧れのヒーロー。15年間の「小説以外」を収録した初のエッセイ集。裏話満載のインタビュー脚注つき。

伊坂幸太郎著

ジャイロスコープ

「助言あり〼《ます》」の看板を掲げる謎の相談屋。バスジャック事件の〝もし、あの時……〟。書下ろし短編収録の文庫オリジナル作品集！

デザイン　川谷康久（川谷デザイン）

砕《くだ》け散《ち》るところを見《み》せてあげる

新潮文庫　た-111-2

平成二十八年六月一日発行

著者　竹《たけ》宮《みや》ゆゆこ

発行者　佐藤隆信

発行所　株式会社新潮社

郵便番号　一六二―八七一一
東京都新宿区矢来町七一
電話 編集部（〇三）三二六六―五四四〇
読者係（〇三）三二六六―五一一一
http://www.shinchosha.co.jp

価格はカバーに表示してあります。

乱丁・落丁本は、ご面倒ですが小社読者係宛ご送付ください。送料小社負担にてお取替えいたします。

印刷・錦明印刷株式会社　製本・錦明印刷株式会社

ISBN978-4-10-180065-3 C0193